尤 今 小 语

# 高加索牧人

尤今眼中的世界

[新加坡] 尤 今 著

海天出版社
·深圳·

**图书在版编目（CIP）数据**

高加索牧人：尤今眼中的世界 / (新加坡) 尤今著. —
深圳：海天出版社, 2020.6
（尤今小语系列）
ISBN 978-7-5507-2856-1

Ⅰ. ①高… Ⅱ. ①尤… Ⅲ. ①游记—作品集—新加坡
—现代 Ⅳ. ①I339.65

中国版本图书馆CIP数据核字(2020)第031132号

图字：19-2019-158号

## 高加索牧人： 尤今眼中的世界
GAOJIASUO MUREN: YOUJIN YANZHONG DE SHIJIE

出 品 人　聂雄前
责 任 编 辑　岑诗楠　胡小跃
责 任 校 对　赖静怡
责 任 技 编　梁立新
装 帧 设 计　龙瀚文化

---

出 版 发 行　海天出版社
地　　　址　深圳市彩田南路海天综合大厦（518033）
网　　　址　www.htph.com.cn
订 购 电 话　0755-83460239（邮购、团购）
设 计 制 作　深圳市龙瀚文化传播有限公司 0755-33133493
印　　　刷　深圳市晶宇印刷有限公司
开　　　本　889mm×1194mm 1/32
印　　　张　6.5
字　　　数　120千
版　　　次　2020年6月第1版
印　　　次　2020年6月第1次
定　　　价　42.00元

乌兹别克斯坦、土库曼斯坦、塔吉克斯坦这三个伊斯兰教国家，都曾经由苏联管辖；1991年之后，才纷纷独立。

踏上旅程后，我发现了一个有趣的现象：百姓们都很喜欢比较独立前后的生活状况。忆述过去几十年受苏联管辖的日子，许多中年人叹着气说道："严啊，就一个严字便可概括一切了。"谈到现在的情况，他们喜滋滋地说道："只要不是散播不确实的谣言，要说啥便说啥；只要身心健康，要去哪儿便去哪儿；只要口袋里有钱，要吃啥便吃啥。"饶具讽刺的是，拥有了自由之后，许多年轻人最想去的地方居然是俄罗斯，因为俄罗斯比他们本国的工资高出了许多。至于年老的一辈呢，忆述当年在苏联管辖下的生活时，坦白地表示：他们非常缅怀那砸不破的铁饭碗，虽然没有大鱼大肉的享受，但是，青菜豆腐的温饱人人有；除此以外，政府长期免费供应牛奶给孩童的这个"温情政策"，也是他们念念不忘的。不过，总的来说，人们对于目前"想要做啥便能做啥"的自由，"想要吃肉便有肉吃"的幸福，是满意而又满足的。

高加索山脉以南的三个国家——阿塞拜疆、格鲁吉亚和亚美尼亚，是以它们宛如画册般的绝美景致和悠久的斑斓历史向我发出阵阵呼唤的。

阿塞拜疆位于昔日古丝绸之路之上，各种宗教、资讯和文化在此碰撞出绚丽的火花；此外，它的地理位置居于亚洲和欧洲之间，既有西方的开放热诚，也有东方的含蓄谦和，这种欧亚糅合而形成的面貌，散发出一种独树一帜的大魅力。锦上添花的是，它油产丰富，有人戏谑地说道："你只要对着里海注视十分钟，便可以看到闪闪发亮的石油浮上来了！"首都巴库因而被建设成一个宛若童话般美丽的现代化城市。至于希努格（Khinalug）和拉赫季这些建在高加索山上历史悠久的古村，又不遑多让地展示出历史的深度与厚度。

就自然风光而言，格鲁吉亚和亚美尼亚简直就是"梦的王国"。每个不同的城市，都有着令人惊艳的美丽。这样一种令人心动的美，使相机和笔杆都尴尬地露出了它们的局限性。在这两块美丽的土地上，寸寸都有着沧桑的历史，尺尺都有着斑斓的文化。这两个拥有长达六千年至八千年酒文化的古老国家，就像它们所生产的葡萄酒一样，处处散发着令人心魂俱醉的魅力。

每一回出游，都是感性的享受与理性的启迪。

每一趟远行，都是心灵的激荡与精神的拓展。

《高加索牧人》一书，收集了我旅游南高加索地区（阿塞拜疆、格鲁吉亚、亚美尼亚）、部分中亚地区（乌兹别克斯塔、土库曼斯坦、塔吉克斯坦）六个国家的 35 篇游记。

2014 年，在新加坡玲子传媒的穿针引线下，我与中国深圳的海天出版社开展了美好的合作关系。迄今为止，海天出版社已经为我出版了四套（总共 11 部）作品，包括了游记、小品文、传记。现在，又将推出第五、第六套（总共五部）作品，包括了两部游记（《在羊身上写字》《高加索牧人》），三部小品文（《游走世界寻访自我》《孩子，我们一起学习》《一日美好一日新》）。感谢海天出版社，感谢胡小跃主任，这种圆融美好的合作关系，常常让我心怀感激。

尤 今

2019 年 7 月 25 日

目 录

［其　一］

# 南高加索

# 阿塞拜疆

# 阿塞拜疆的魅力

年方三十，沙毅阿扎（Said Azad）却已是阿塞拜疆（Azerbaizan）一家大旅行社的老板了。

沙毅阿扎自小喜欢建筑，长大后，负笈美国，理所当然地选择了建筑学。可是，在美国求学期间，他却屡屡碰上让他万分尴尬的事儿——不论在校内或校外，每当他告诉别人他来自阿塞拜疆时，对方总一脸茫然地问他："阿塞拜疆在哪里？我怎么从来没有听过？"他满脸纠结地对我说道："阿塞拜疆是我出生、成长的地方啊，它与我血脉相连，可是，在别人的心里，它却仅仅是一个陌生的地理名词！"

这促使他深思，他究竟该走一条什么样的人生道路？是该发挥天分，设计出一幢又一幢独树一帜的建筑，在无人认识的寂寞里孤芳自赏；还是改弦易辙，把世界各国的旅客带进国门，让他们深切地领略阿塞拜疆独特的魅力？

这是截然不同的两个选择，只要双脚一迈出去，便没有回头路了。

他以优异的成绩毕业于加利福尼亚大学，美国多家公司愿意以优渥的薪金聘用他，然而，他经过深思熟虑之后，下定决心，为自己的国家做一点实实在在的事情。2012 年回国之后，25 岁的他，便和朋友合股，在首都巴库（Baku）开设了一家旅行社。

沙毅阿扎自豪地指出，阿塞拜疆就像是个万花筒，不同的人能从不同的角度找到吸引自己的东西。有人以为受苏联管制长达 70 年的阿塞拜疆，不论起居饮食都和苏联没啥不同，这是大错特错的。阿塞拜疆位于昔日古丝绸之路之上，各种宗教、资讯和文化在此碰撞出绚丽的火花；此外，它的地理位置居于亚洲和欧洲之间，既有西方的开放热诚，也有东方的含蓄谦和，这种欧亚糅合而形成的面貌散发出一种磁铁般的魅力，是独一无二的。

首都巴库是我到阿塞拜疆的第一站，初抵便被彻底惊艳。机场建设得宛若童话城堡，10 条车道的马路，笔直宽敞，气势浩大。沿途建筑，千姿百态。

我下榻于巴库古城，古城之美，不是谦虚内敛的，反之，它张扬而澎湃。厚重的历史，静静地沉淀；斑斓的文化，厚厚地累积。在古里古气的石板路上逛来逛去，整个人，堕入了迷离的时光隧道内。什么也不做、什么也不想，只是闲闲地逛、慢慢地看，晒晒太阳喝喝茶，就是莫大的享受了。

在巴库广袤的天幕里，有三丛巨大的"火焰"，日夜不停壮烈地燃烧着；那是以火焰为原型而设计的三座高塔，每座高达 30 余层，建筑竣工于 2013 年。这三座设计

建设华美的首都巴库

美若童话的巴库机场

灵感取自拜火教的"火焰塔"，活力抖擞，如今已成为巴库的地标了。白天，它独特的造型使人倾心；夜晚，它变化多端的璀璨灯火让人倾倒。

令人难以想象的是，巴库这个建设得金碧辉煌的城市，在 2005 年之前，居然是个邋里邋遢的城市。它在短短 10 余年间脱胎换骨，当然得归功于石油了。

巴库位于里海之畔，沙毅阿扎开玩笑地说：

"你只要对着里海注视 10 分钟，便可以看到闪闪发亮的石油浮上来了！"

阿塞拜疆是赫赫有名的石油王国，产量之丰富，令人咋舌。当地人以自豪的语调告诉我，远在 1848 年，阿塞拜疆是全世界第一个从地底下掘取石油的国家呢！在

遐迩闻名的火焰塔

巴库的石油生产区，当我看到大量黑乎乎的石油渗出地面时，就仿佛看到白花花的银子撒满一地。更绝的是，附近有个湖泊，湖面上浮满了肥肥的黑油，当地人就称它为"油湖"。嘿嘿，"肥得流油"这句话，不折不扣正是阿塞拜疆的写照哪！

尽管油田遍布，然而，阿塞拜疆开采石油的道路却不是一帆风顺的。

沙毅阿扎告诉我一则趣闻。

1848年，德国人惊喜万分地在阿塞拜疆发现了大量的油田，打算大举开采，但是，缺乏人力。当时，阿塞拜疆人多数从事畜牧业，无人愿意转行。后来，德国人心生一计，带来了大量的珠宝，展示给当地女子看。目迷五色

的她们，纷纷要求丈夫购买，然而，畜牧人又哪有购买的能力呢？这时，德国人便出高薪，游说他们去油田工作，这才解决了人力短缺的问题。

这个传闻的真实性有待考证，但是，德国人在阿塞拜疆赚取了巨额的石油财富，却是不争的事实。

在阿塞拜疆受苏联管辖期间，大量的石油财富流向了莫斯科。

好不容易等到独立，阿塞拜疆人却没有掌握探勘、开采与提炼石油的技术，只好在 1997 年与英国公司合作开采，然而，所得利益 70% 归英国，阿塞拜疆仅得寥寥30%。

2005 年，合约结束，阿塞拜疆才得以完全独立。

这时，石油给国家带来了无可计数的财富，巴库和其他的许多城市才兴旺蓬勃地发展起来了。

沙毅阿扎冷静地分析道：

"阿塞拜疆有发展旅游业的潜能、决心和诚意，可是，条件还未成熟，我们还有很长的路要走。"

他举了两个例子说明心中的隐忧。

距巴库不远，有个地方，因为天然气从地底渗出，着火燃烧，形成了"不灭之火"。许多游客舟车劳顿地来到了这个号称"火焰山"的地方，一看到那丛"不灭之火"，便哑然失笑，火势才两米来高，八米来宽，小小的一丛，和土库曼斯坦声势浩大的"地狱之门"相比较，这

"火焰山"，即使连小巫也算不上。

沙毅阿扎振振有词地说道：

"土库曼斯坦地狱之门那把火才烧了 40 余年，我们这丛火，你知道烧了多少年吗？"他竖起了四根手指，说："4000 年！长长长长的 4000 年啊！"顿了顿，又说，"4000 年，才是它真正的魅力所在，然而，旅游促进局却只是轻描淡写地把这宣传为一丛不灭之火，游客去到现场，只看到一丛火在鬼鬼祟祟地燃烧，根本感觉不到丝毫的震撼性，更谈不上印象深刻了！"

说实话，不值一看，正是我参观后的感觉啊！

"如果有关方面能给予它应有的尊重，在火丛周遭做个漂亮的围栏，再突出地宣传它 4000 年不灭的神奇性，游客可能就会有截然不同的观感了呀！"

沙毅阿扎接着又举出了另外一个让他生气的例子。

在巴库的戈布斯坦岩石艺术文化景观（Gobustan）处，发现了 6000 余个雕于 4 万年前的岩画，是原始住民以尖削的石头在坚硬的岩块上一点一点慢慢地雕成的，其中 2000 多个以野牛为素材，余者雕的是众生百态。目前，这些岩雕已被列为世界文化遗产了。

"其中一个岩雕，显示了几个人密密地挨着，站成一个半圆形，旁边的说明是：原住民在跳舞。嘿，这根本就是在误导他人呀！根据研究，这是原住民狩猎的一种方式。这样重要的岩雕，在处理时却掉以轻心，真是贻笑大

尤今和沙毅阿扎在林中品茶

方！我已经向有关方面反映了，可是现在几个月过去了，却还没有妥为处理，真叫人揪心啊！"

爱之深，责之切。

沙毅阿扎语重心长地说：

"大家都知道阿塞拜疆在海上和陆地上都有丰富的油

田，可是，油田不是农田。拥有农田，只要有一双勤劳的手，便能生生不息地种出果腹的庄稼，千秋万世饿不着。油田呢，恰恰相反，它会因为不断地开采而枯竭。我们必须未雨绸缪，开拓其他的资源，而旅游业，就是阿塞拜疆予取予求的一大资源了，我们一定得好好开发、保护，才能有长足的发展呀！发掘亮点、尊重文物，就是开发与保护之道。"

这话，醍醐灌顶。

在陡峭的山上，一幢幢以鹅卵石建成的屋子，迤迤逦逦地依山而建，和环绕着村庄那起起伏伏的高加索山脉形成了完美的配搭。这个拥有长达 5000 年历史的古老村庄希努格（Khinalug），位于高加索山脉中部海拔 2335 米处，是阿塞拜疆最高、最偏远和最孤立的村庄，连啁啾的鸟声也难得一闻。由于地理位置的特殊，长久以来，村民得以在没有入侵者的情况下，按照自己的方式和步伐，过着与世隔绝的生活。

村里住着 380 户人家，人口仅仅 2000 余人，迄今还在使用属于自己群体的独特语言，是个让人难以置信的童话世界。

到上述村庄去游览，于我而言，是阿塞拜疆之行最大的魅力。由于山路崎岖难行，加上语言不通，我们通过一家旅行社，安排了一位司机和一名向导。

出乎意料而又让我们万分惊喜的，这位向导沙毅阿扎老马识途，既是旅行社的老板，又是第一个把古村希努格开发成旅游景点的人，对于古村的一切了如指掌。

沙毅阿扎如数家珍地对我们说道：

"我在 2015 年只身来这个古村游逛，第

古村生活步伐缓慢

一眼便深深地着迷了。这是一个绝无仅有的世外桃源，风光绝佳、民风淳朴。由于村庄生活快乐简单而毫无压力，健康人瑞极多，有的人居然活到130岁！他们善于在深山中采集药草，制成草药，用以进补和治病。然而，由于村里缺乏先进的医疗设备，倘若他们患上较为严重的疾病，便束手无策了。"

　　沙毅阿扎首次到访这个村庄，便亲眼目睹了他们的困境。当时，他下榻于老村民拉马的家，发现他的女儿玛季娜奄奄一息地躺在床上，不能言语，也不能行走；一问之下，原来她罹患脑瘤已有一段时间了。他当即做出安排，带她进城检验，医生为她割除了脑袋里那个良性的瘤，她现在已经回返学校上课了。自此之后，沙毅阿扎和拉马一家便建立了良好的关系。为了帮助村民改善生活，沙毅阿扎积极帮助他们和外界建立联系，不时带游客到村中游览，让他们认识阿塞拜疆古村之美。

前往古村那长达好几个小时的山路，充满了惊悸与惊喜。

高加索山脉，大气、霸气而又充满了傲气，蜿蜒其间的山路，狭窄而又弯曲，旁边不设围栏，朝下一看，是千仞峻山。如果两车迎面相遇，一辆车子必须停下来，让另一辆车擦身而过，惊险万分。幸好司机经验老到，每次都有惊无险。最怕的是碰上雨天，道路湿滑且不说，山上沙石崩泻，往往会带来致命的危险。不过，撇开这些不谈，沿途风光，倒是一个惊叹号连接着另一个惊叹号，让人深深地堕进了大自然的情网里。山脉，在高耸入云处，显出了千年的淡定；在陡峭巍峨处，露出了睥睨众生的姿态；

　五千年的古村风情

在白雪皑皑处，呈现了雍容华贵的面貌；在云雾缭绕处，流现了妖娆诱惑的艳色。我们就好像来回穿梭于一帧一帧明信片中，眸子有了前所未有的大享受。

当一幢一幢屋龄两三百年的古老房屋撞入眼帘时，沙毅阿扎高兴地说道：

"到了，到了！"

金纳奈格被政府划定为自然保护区，严禁村民恣意新建或扩建房屋，因此，所有以鹅卵石建成的房屋，都有着相同的气味和相似的内部结构，完整而又完美地保存了那种古雅的魅力。

沙毅阿扎的老朋友拉马，早已准备了午餐，等着我们到来了。

一进门，便有个10来岁的少女亲热地扑进了沙毅阿扎怀里。沙毅阿扎告诉我，她就是那位曾割除脑瘤而今痊愈的少女玛季娜了；几乎消失的生命啊，却在难得的机缘下，绝处逢生。对于给予她重生机会的沙毅阿扎，玛季娜大大的眸子在看他时充

沙毅阿扎与少女玛季娜

满了无声的感激。

和所有古村的房屋一样，拉马在地上铺了五彩缤纷的地毯，在墙上挂了精美绝伦的刺绣，整间屋子，有着一种花团锦簇的热闹。

我们在收拾得纤尘不染的大厅里坐下，拉马的妻子手脚麻利地端上了面包、牛油、羊乳酪，主食是热气腾腾的炖牛肉汤。

沙毅阿扎特别推荐羊乳酪，我说我不吃一切和羊儿沾边的东西，怕那一股腥膻的味道。可是，沙毅阿扎却坚持要我尝一尝。他说：

"我从事旅游业，阿塞拜疆大大小小的村庄与城市，我全都逛过了，我可以明确地告诉你，这个古村的羊乳酪，是全阿塞拜疆质地最优良的。古村海拔高，空气澄净、山泉清澈，春夏两季长出的草儿柔嫩多汁，羊儿在全无污染的环境里成长，长成了他处难以企及的优质羊儿。羊毛厚软、羊肉嫩滑、羊奶可口。"说着，把那一盘羊乳酪推到我面前来，说，"试试，你一定要试试"。

不愿拂逆他的美意，平生第一次，我让羊乳酪进入了口里。非常非常惊讶的，全然没有想象中的那种腥膻，质地柔滑如水，好似在品尝一块甘香鲜软的油膏哪！

沙毅阿扎告诉我，羊儿是古村的经济命脉。家家户户都养羊、牧羊。羔羊大了，便到山下卖羊，然后，换取生活所需。此外，由于羊毛质地佳，羊毛纺织业远近闻名，羊毛制成的地毯、挂毯、披巾、衣物、鞋子，在市场供不应求。平日里，家家户户吃羊肉、喝羊奶、食羊乳酪，不可一日无羊。沙毅阿扎说，古村的羊肉，滋味之美，无与伦比。

遗憾的是，我事先已声明不吃羊肉，所以，拉马特地给我煮了牛肉汤。

看似简简单单的一锅汤，却是在柴火上千回百转地熬煮了好几个小时的，全然融化了的番茄和大葱，煨成了多层次的丰富味觉，使汤水在甘醇浓郁中透着一种非常清纯的口感，而汤水里那千锤百炼的牛肉，肉质细嫩无渣，是难以复制的独家滋味。

餐后喝茶。

阿塞拜疆人喝茶，有个奇特的方式，他们先把方糖在茶里蘸了蘸，放进口里咀嚼，之后，才慢条斯理地啜茶入口，让糖和茶你侬我侬地在舌面上融为一体。据说这种饮茶习惯始于皇室，昔日皇帝怕人在茶里下毒，便以糖块测试，如果茶中有毒，糖块会立刻变成绿色，皇帝便因此幸免于难。百姓不明缘由，群起效尤，这种独特的喝茶方式因此而流传广远，乃至代代相传。

边吃边聊，一顿饭，足足吃了长长的两个多小时。沙毅阿扎告诉我，阿塞拜疆人吃饭最讨厌速战速决，他们认为细嚼慢咽是一种生活的大享受，而且，这也是对厨艺的一种尊重。他笑嘻嘻地说，当地人的这种生活哲学，使国际品牌的快餐店始终无法在阿塞拜疆大展拳脚。

餐后，沙毅阿扎带我到村里去逛。他告诉我，这个古村的来源，有个有趣的传说。村里人相信他们是诺亚的后裔，根据《圣经》的描述，他们的祖先在汹涌洪水里，乘坐方舟，来到了高加索山脉这个隐秘的高地，就此定居，按照古老的方式过活。另有人指出，诺亚原本选择的，其实是另外一个村庄，然而，定居下来后，那儿却不幸地发生了地震，摧毁了一切，幸存者这才迁移到希努格来。这些古老而无从查证的传说，着实为这个古村增添了许多神秘的色彩。

自 12 世纪起，伊斯兰教便开始在这儿传播，目前，古村居民全都是虔诚的伊斯兰教徒。小小的村庄，建有10 座清真寺。我们参观了分别建于 12 世纪和 15 世纪的两所清真寺后，沙毅阿扎偕同我们参观博物馆。

博物馆里，陈列了古老的陶器、衣服、地毯、家用工具、硬币、武器、陨石等。沙毅阿扎从一个柜子里小心翼翼地取出了一部染满了岁月尘埃的古籍，忆述了他"抢救文物"的一个有趣经历。

"我是在一名年过八旬的老妪家看到这部 200 余岁的古籍的，她完全不知道这部古籍的珍贵性，居然拿它来垫桌脚！我迫不及待地要求她开价卖给我，可是，她却轻描淡写地说：'你要，就拿去吧！反正，我可以找点别的东西来垫桌子。'我赶快将背包里一部崭新的书拿出来和

两百岁高龄的古籍　　　　　长满了寿斑的"娃娃书"

她交换，她看到那部厚重结实的书，大喜过望，连声道谢。我如获至宝，飞快地捧着这部古籍，捐给了古村的博物馆。"他说，笑意在脸上荡漾，"在别的地方，像这样价值连城的古籍，早就放在展示柜里，用双重玻璃保护着了，可是，在我们这个历史长达五千年的古村里，它却只能算作是一部'娃娃书'。"

说着，打开柜子，啊，里面果然放了一摞长满了寿斑的"娃娃书"，我目瞪口呆，好像一只刚刚爬出井口的青蛙。

从博物馆出来，沿着高高低低的山路漫步，古村里一幢幢以鹅卵石建成的房子，见证了好几百年历史的兴盛衰败，有泰山崩于前而色不变的底气，也有随着岁月的沉淀而积攒出来的恢宏大气。据沙毅阿扎表示，由于建材牢固，即使发生地震，也不易倒塌。

行经一户人家门前，有人正在门外的庭院里宰杀羊只。刀子长而利，闪着阴冷的光。宰杀者手脚麻利，只见他手起刀落，往羊儿的脖子轻轻一抹，羊儿还来不及哼声，便倒毙于地了，睁得圆圆大大的眸子，湛湛生光，好像还在好奇地观察究竟发生了什么事。接着，他以同样的手法，连续宰杀了三只羊。

沙毅阿扎说，这家人，明天要办喜宴。在这古村里，羊儿永远是一切宗教庆典、民俗佳节或者家中喜事的主角。有趣的是，在这个宛若世外桃源的古村里，村民都选择同村的人作为嫁娶对象，正是"肥水不流外人田"啊！

正欢畅地谈着时，陆陆续续来了客人。没有音乐，可是，男男女女，却兴高采烈地跳起舞来了。节奏，就藏在他们的脉络中；旋律，就附在他们的手脚上。他们就是音符，以灵巧的动作，在山影幢幢的古村，化成了一道道优美的弧线。

啊，快乐，在这个远离尘嚣的地方，竟像是秋天树上熟透的水果，伸手可及……

# 情注玻璃瓶

来到位于阿塞拜疆西北部的第二大城占贾（Ganja），我迫不及待想要看的，当然就是那一幢举世无双的玻璃瓶屋子了。

秋天早上柔若无骨的阳光像透明的琉璃，蓬蓬勃勃地倾泻在这幢双层屋子上，散发出一个一个宛如气泡般的彩色光圈，闪闪烁烁、明明灭灭的，绮丽如梦。

这幢设计奇特的屋子，主要是由四万八千个形状不同、大小相异、颜色缤纷的啤酒瓶、香槟瓶和矿泉水瓶建成的；其他的建筑材料包括了卵石、镜子、玻璃片、地砖等。

它活脱脱就是一幢童话屋子。

屋主易卜拉欣（IbrahimJafarov）是占贾赫赫有名的建筑师，他花了长达 20 年进行缜密的构思与设计，于 1966 年动工建造而于1967 年竣工。

这所玻璃瓶屋子，不是哗众取宠的建筑物，更不是天马行空的炫耀品，那四万余个玻璃瓶，是别有使命的 —— 玻璃瓶里，满满地装着血浓于水的手足情。

原来啊，易卜拉欣是为了他亲爱的兄长犹斯夫（YusifJafarov）而建造这幢独一无二的玻璃瓶屋子的。

占贾的玻璃瓶屋

犹斯夫在第二次世界大战期间，上前线作战。战争结束后，他杳如黄鹤。只要没有看到尸首，便有存活的希望；抱着这种侥幸的心态，犹斯夫的家人开始了日复一日的漫长等待。其间，迁居数回，每回搬迁，他们心中都有个无形的疙瘩——万一犹斯夫活着回来，该上哪儿去找他们呢？

经过慎重的考虑，身为建筑师的易卜拉欣决定建造一幢引人注目的屋子，他认为，当这所造型独特的房子有了名气，犹斯夫一旦回返国门，便能立马联系上家人了。

建造屋子时，易卜拉欣刻意把兄弟俩的巨型照片镶嵌在屋子前方高高的门廊上，然后，把思念密密地装满了四万多个瓶子，让它们日日夜夜地对下落不明的哥哥发出亲昵的呼唤："哥哥，回来，回来吧！"

可叹的是，犹斯夫始终音讯杳然。

20 世纪 90 年代初期，年过六旬的易卜拉欣撒手尘寰。如今，住在屋内的，是他的儿媳。尽管生活并不宽裕，可是，他们却坚持不肯把玻璃瓶屋子转化为旅游的资源。他们认为，这幢装满了爱与思念的房子，是永远属于犹斯夫的——如果他活着，就让他居住；如果他已亡故，就让他的魂魄回归。

鉴于此，闻风而来的游客，就只能站在屋子外头欣赏它奇特的美了。

那天早上，我站在屋外细细地欣赏时，正好有个中年妇女开门出来；我逮着良机，立刻冲上前去，表明我是来自新加坡的游客，请求对方允许我进去屋内看看。她摇头应道："不行啊，这是私人产业呢！"我又打破砂锅问到底："易卜拉欣的家人是不是住在里面呢？"她微笑地答道："是啊，我就是易卜拉欣的儿媳妇。"说着，转身把门锁好，离去。

据说玻璃屋子在夜晚会展现出截然不同的美姿，我于晚上再度来此。

干干净净的夜空没有星星，纯净妩媚的明月散发出黄金般的光彩，为玻璃瓶屋子镀上了华丽的亮泽。看着看着，突然看到一缕一缕的烟气从那四万多个玻璃瓶里飘了出来……

也许，易卜拉欣已在黄泉和他的兄长犹斯夫团聚了，他们俩刻意以拳拳之忱邀请第二次世界大战失踪的亡魂们一起到占贾这所玻璃瓶屋子来，共同建立一个温馨的大家庭。在这个大家庭里，没有国界、种族、宗教的分野，也没有战争、疾病和饥馑的威胁。在温柔的月色下，他们引吭高歌，歌声围绕着玻璃瓶屋子打转，余音绕梁，袅袅不绝……

玻璃瓶屋子

# 羊头的故事

在阿塞拜疆的西北部城市舍基（Sheki），到菜市去逛，看到肉摊子上摆着一个一个悲伤的羊头，小小的羊脸上，仿佛还滞留着被宰时的惊怵、不甘与无奈。每个羊头的售价是 5 马纳特（折合新币 4 元①），人人趋之若鹜，等我逛完一圈再经过同一摊子时，羊头已经售罄了。

阿塞拜疆的名菜 Xash，就是以羊头为食材而煮成的，是当地许多男性的最爱。在傍晚时分，主妇把羊头、羊蹄、羊脑、羊肝和大葱置入锅里，加水，狠狠地熬上 12 个小时。一整个夜晚，羊头汤腥膻的气息就好像山中薄雾一样，朦朦胧胧地弥漫全屋。到了清晨六点，大功告成，熬成的汤，奶油色的，上面厚厚地浮着一层金黄色的油。这时，主妇便会为丈夫舀上一大碗，加入些许蒜泥和醋，稀里呼噜地喝得满头大汗、满心欢喜，一整天都会变得精神抖擞。他们相信羊头汤能增强骨骼、补充元气，因此，常喝、长喝。

有一回，和一名年轻的女子札丽娜聊天，一聊及这道羊头汤，她的话，立刻像溜滑的豆子一样，一把一把地从嘴里咕噜咕噜地滚

---

① 换算均按作者写作时汇率计算。

出来。

"哎呀，羊头汤那个腥气和油腻啊，我一闻到便要喊救命。小时候跌倒，家人相信它对治疗骨折有疗效，煮了，逼我喝，我死活不肯，结果，父亲箍住我双手，母亲捏着我的鼻子，硬生生把汤灌进我喉咙里，我好像喝下了一堵用油砌成的墙，臭气熏天的墙，那个难受啊，终生难忘。"

札丽娜接着告诉我，她那像梦魇一般的童年，也和这羊头汤有着纠缠不清的关系。

札丽娜8岁那一年，迁来了一户邻居，一家八口，全都长得粗粗壮壮。他们经济能力不错，每隔一周，一家之主便去市场牵一头活羊回家。然后，在露天庭院里，肆无忌惮地宰杀羊儿。左右邻居，都可以通过篱笆，清清楚楚地看到羊儿被宰的惨况。

"羊头被砍、鲜血乱溅的情景，真是视觉的凌迟啊！还有，羊儿哀哀惨叫的声音，也在耳边环绕不去。我和弟妹，夜夜噩梦，惨不堪言。为了避免我们一而再再而三地受到刺激，母亲一看到邻居把羊儿牵回家，便赶紧带我们出门去。"

然而，札丽娜的噩梦并没有因此而画上句号。

邻居嗜喝羊头汤，每隔三天，便从肉市场拎回羊头羊蹄羊脑，在充满了血腥气的露天庭院里，架起柴火，不眠不休地煮个通宵。让人汗毛直竖的腥膻气味，在庭院里嚣张跋扈地四处飞蹿，连梦都被污染了。

事隔多年犹有余悸的札丽娜心绪难平地说道：

"在屋子里面，他们享有炊煮任何食品的自由权，然而，他们却偏偏选择在无遮无拦的露天庭院里烹煮气味如此浓烈的羊头汤，恣意侵犯邻居嗅觉的隐私权，你说可恶不可恶？"

可怜的札丽娜，碰上不通情理的邻居，视觉受蹂躏、听觉受虐待、嗅觉受侵犯，天天都活在恐惧与恶心中。

"后来，我们忍无可忍，和几户邻居一起找他们商讨，但他们却置若罔闻，一意孤行；经过好几次谈判，都未能解决。大家关系彻底破裂后，我们便发出措辞严厉的警告信，记得我们总共发了 11 封信，他们依然装聋作哑。最后，闹上警局，经过警方的斡旋，他们终于搬走了。然而，我那黄金般的童年岁月，也惨惨地被糟蹋了。"

札丽娜斩钉截铁地说：

"以后，碰上结婚对象，我一定要签婚前协议书，清楚注明：不许喝羊头汤。"

我哈哈大笑，可她瞪着我说：

"我是当真的呀！"

驱车前往一个拥有两千年历史的古村拉赫季（Lahij），发现一个奇特的现象。通往古村的那一条很长很长的道路，每隔一两百米，便有摊贩在销售一种五颜六色的东西：圆形、超薄，直径大约 10 来寸①。这些水晶般的薄片，高高地挂在木架上，红色、绿色、黄色、紫色、橙色，风一来，便婀娜多姿地飘动着，争艳夺丽，满目璀璨。

这些铺天盖地的东西，到底是什么呢？

吃的？用的？戴的？抑或是屋子的装饰品？

停车，向摊贩探询，嘿，原来是以水果汁熬成的薄晶片，是一种我前所未见的零食。据摊贩解释：红色的是石榴，绿色的是奇异

水果晶片

① 1寸约等于3.33厘米。

果，黄色的是杏子，紫色的是葡萄，橙色的是橘子……

水果晶片是阿塞拜疆老少咸宜的零食，由于制作纯靠人力，耗时费事，在事事讲求效率的今天，制作者已凤毛麟角。然而，在生活步伐缓慢的拉赫季古村，许多村民依然依照古法制作这种缤纷美味的水果晶片。

村民将水果煮至糜烂，继续再煮，收缩成浓浆之后，加入些许玉米粉和盐，薄薄地摊放在圆盘里，置于阳光之下，曝晒五六天，干透之后，便成了光可鉴人的水果晶片了。

它久存不坏，可耐三年。以3马纳特（折合新币2元4角）买了1片，结果，吃了好几个星期还吃不完。

它带着些许韧性，只能小片小片地用手掰来吃。它收摄了水果圆润的内涵，收纳了阳光温暖的精华，一入口，一沁凉凉的香气便像一泓清澈的溪水潺潺流动于唇齿间。蕴藏在薄甜和微酸当中那一股若隐若现的咸味，使香气变得更加尖锐。

小孩喜欢它，因为它百味麇集；成人爱它，因为它能解腻。有一回，我的老公日胜点食当地遐迩闻名的羊肉炖豆汤（Piti），浓汤上面，覆盖着一块极大极厚的羊脂，他依照当地人的习俗，把羊脂压碎，混在羊肉和黄豆内，吃得精精光光。胃囊里，好似坠了一个秤砣，举步维艰；这时，我从皮包里取出水果晶片，一连掰了好几片，让他嚼、嚼、嚼，原本一捅就爆的胃囊，得到了安抚，立马

水果的天堂

恢复原状。

　　据说这水果晶片对晕车和头痛都有疗效哪，所以，有人说，它是儿童的零食、成人的药物。

　　对于许多阿塞拜疆人来说，水果晶片其实就是童年的代号。一位在首都巴库工作的女子，每年总千方百计地托人到拉赫季古村去买足一年的分量，储存在家，慢慢地吃。童稚的美好记忆，使水果晶片成了她天长地久的眷念。

　　水果晶片的制作，其实是阿塞拜疆人储存过剩水果一种睿智的方式。

　　非常幸运的是，在阿塞拜疆境内，居然有多达九种不同的气候类型（全世界不同的气候类型总共有十三种）。

东南西北，每个区域在每年不同的时段里，石榴、葡萄、柿子、梨、桃、杏、樱桃、李子、苹果、草莓、蓝莓、西瓜、哈密瓜等四十余种水果，轮番生产。种类繁多，全年源源不绝地供应。

由于水果产量实在太丰盛了，价贱如土。

有一天傍晚，在街边看到堆积如山的西瓜，选了一个。哎哟！五公斤重，才卖1马纳特（折合新币8角）啊！气喘吁吁地抱着它回返民宿，满心欢喜。

晚上，坐在庭院里，在澄澈的月色底下，剖开的西瓜艳丽得让人心醉。非常的甜，我们一片接一片慢慢地吃，丰茂的水分恣意从嘴角溢出。啊，能够如此心无旁骛地品尝水果的滋味，原来也是生活里一件美妙的事。

这时，仰头望天，星空华丽，夜色妩媚。

这天下午，风有颜色。

是令人心旷神怡的那种绿色。

我们驱车前往舍基（Sheki），马路两旁，一畦一畦，铺天盖地，全都是绿色的植物，每株高达一米余，叶子很阔，宛如一只只肥大的手掌。掌上，是一簇簇花朵，娇艳的粉红色，呈喇叭状，风来时，它们便化为赵飞燕，忘我地旋舞，释放出大蓬大蓬的热情。

我看得痴了。

当地人告诉我，这是烟草花。

阿塞拜疆有着适宜栽种烟草的气候和土壤，因此，广为栽种。烟草的叶片在收割时较为费劲，因为它们不是全株统一收获的，而是成熟一片便收获一片。收获后的叶片，必须及时进行处理。

沿途，我便看到好些业者在路边搭了凉棚，晾制烟叶。一束束烟叶，高高地挂着，原本的翠绿色，已经转成了亮灿灿的金黄色。业者表示，烟草处理一般分为晾制、晒制和烤制几种方式，晾制烟味道较为刺激辛辣，烤制烟则较为绵软温和。

根据世界卫生组织所进行的数据调查显示，阿塞拜疆的吸烟率在全球排比中是偏高

晒制烟叶

的，最令人关注的是，未成年者吸烟率有增长的趋势。

在阿塞拜疆第二大城占贾，我便看到了令我难忘而又难过的一幕。

这天中午，阳光像蜂蜜，甜而柔，天上没有一丝半点云絮，干净得非常透彻。心情极好的我们，决定到一家以烧烤闻名的露天餐馆去用餐。

远远地，就看到一缕一缕纯白而不纯净的烟气耀武扬威地在半空中飘来飘去；一缕还未消失，另一缕又接踵而来，前赴后继，缕缕不绝。

走近一看，大吃一惊。

有七八名约莫 15 岁的少年，正跷着脚，大模大样地坐在长桌旁，旁若无人地吞云吐雾，蓬松肥胖的烟气，得意洋洋地在彼此之间撞来撞去，撞得满襟满怀；稚嫩的少年们都装出老气横秋的样子，让恶毒的烟气轻车熟路地在他们的口腔、鼻腔与肺部之间来回流转。

在阿塞拜疆，合法的吸烟年龄是 18 岁，为什么这些少年居然可以如此明目张胆地在公众场合吐纳烟雾呢？

和当地人谈起，他们表示，少年抽烟的现象在占贾是司空见惯的。抽烟的少年大致可以粗分成两类：一类少年来自其他较为落后的乡镇，他们初抵大城，误以为抽烟是时髦的象征，能显现城里人的气派，为了能够取得认同感，便装模作样地冒充烟客，岂料一抽上瘾，成了名副其实的烟客。另一类少年是占贾人，双亲忙于工作，无暇照顾他们，为了弥补心中的缺憾，便让他们在零用钱上予取予求。这些缺乏家庭关怀而精神空虚的少年，便以抽烟作为发泄的通道，久而久之，烟瘾便如影随形，再也甩不掉了。

雪上加霜的是，法律明文禁止出售香烟给 18 岁以下的少年，可是，执法不严，许多销售点都没有遵守禁令；少年们只要手上有钱，要买香烟，易如反掌。

一群群乏人监督、无人管教的少年，有样学样，你抽我也抽，臭味相投地成了莫逆之交。在烟气缭绕中，他们尽情说笑，由嘴巴溜出来的每一句话、每一串笑声，都裹着浓浓的烟味。

遏制青少年滥吸成风的陋习，恐怕是阿塞拜疆社会的当务之急。据说有关方面在 2016 年已颁布法令，全面禁止有关烟草产品的促销广告，也禁止销售商赞助烟草公司的任何活动。

然而，我认为，治根之道，始于家庭。

防范胜于治疗啊！

# 婚俗

这天早上，到基斯村庄（Kish Village）去逛。

基斯是阿塞拜疆一个如诗如画的小村庄，人口仅仅 2000，以牧羊为生。高耸入云的高加索山脉向两旁无止尽地延伸着，坚实而又安静，像是村庄永远的守护者。不知名的花，绚绚烂烂地绽放着。漫天漫地宛若朝霞般的艳彩，使整个村庄看起来兴高采烈。

心旷神怡地逛着、逛着，突然看到许多人麇集于一户人家的庭院里，大家三三两两地聚在一起聊天，小孩们呢，追逐嬉戏，欢声笑语，好似散落一地的豌豆。

才一驻足，便有一个村姑热诚万分地拉着我的手，口里热切地吐出一串串阿塞拜疆话，脸上有着果冻般甜甜的笑容，我疑惑地看着她，旁边一个男子以英语解释道：

"她说，她家在办喜事，欢迎你参加！"

我大喜过望，立刻走进了庭院里，那位名字唤作埃尔温的男子告诉我，这儿是新娘的家，大家都在等待新郎的莅临。

等了约莫 20 分钟，突然有人冲进来，欣喜地喊道："来了，来了！"

一名壮汉，一手拎着一只活生生的大肥

鸡、一手拿着刀，如出弦之箭，飞到围篱处，大家也紧随着他。

俊朗的新郎在几名伴郎的陪伴下出现了，他在围篱不远处驻足。这时，一桩诡异的事情发生了。那名壮汉，把鲜活的鸡只放在地上，在众目睽睽之下，手起刀落，狠狠一刀，把鸡头猛然砍断了，鲜血激射而出，像喷泉般洒得满地都是。最为恐怖的是，那只鲜血淋漓的鸡，不知道自己的头颅已经被砍断了，兀自跑来跑去，鲜血滴滴答答地弄得满地都是；我忍不住惊喊出声，站在我旁边的埃尔温，频频说道："莫怕莫怕，这是我们的婚俗呢！"那只鸡终于意识到自己已身首异处而吓得倒地不起后，埃尔温才告诉我，在阿塞拜疆，鸡血象征着一切的霉运和霉事，

老老少少在婚礼上扭腰摆臀地跳舞

来宾在婚礼上跳舞助兴

在婚礼开始之前，让鸡血在大门之外洒尽了，就意味着所有的不幸都已经摒诸门外了；此后，婚姻生活如鱼得水，圆满如珠。

　　紧接着，乐声大作，在庭院中央的空地上，亲朋好友簇拥着新郎，翩跹起舞。在现场乐队所释放的活泼音符里，男男女女扭腰、摆臀、摇头、晃脑。我发现，他们奔放的感情和丰富的表情，都集中在双臂上。当他们的手臂或左或右、或上或下地移动时，像狂风中的柳条、像汪洋中的游鱼、像酩酊大醉的蛇，寓波澜壮阔于圆润柔软中。狂放的快乐，就层层渗透到每个音节、每个舞姿里。

　　埃尔温告诉我，这项始于早上10点的婚庆仪式，会持续到晚上11点。有趣的是，每个村庄都有不同的婚俗，而在基斯村庄里，婚庆是不提供食物的，红包随意，由5马纳特到50马纳特（折合新币40元）不等。一批宾客来了，跳舞、聊天，之后告退；接着，又来一批，再来一批，终日络绎不绝，川流不息。

对于阿塞拜疆人来说，不管豪门或是贫户，婚宴的举办，都是人生一桩了不得的大事。富者有奢华的风光排场，贫者亦有热闹的庆祝方式。

埃尔温表示，他有一名从商的表兄，住在另一个村庄，最近完婚，请了400余人，在婚宴上，各式烤肉、抓饭、面包、糖果、汽水，源源供应。也有些村庄，村民为婚事连续庆祝两三天，食物吃之不尽，花钱如流水。

看重婚俗的阿塞拜疆人，对于平实的婚姻生活，也是很着意经营的。形式与内容兼重，因此，离婚率极低。

## 隐形的猎人

来到了阿塞拜疆西北部的城市舍基，下榻于民宿。

这所石砌的古老屋子，有五个大房间。房东在花香和果香氤氲的庭院里，设了桌椅，让倦游归来的房客歇息。每回我们一坐下，热诚的房东依格尔便会为我们沏一壶热茶，与我们聊天。

40余岁的依格尔，说英语时，不但用词漂亮，而且，文法准确。在英语不通行的阿塞拜疆来说，这是很不寻常的。让人费解的是，他从来不曾在任何语言学校接受过正规的教育，他究竟是如何把英语练得如此炉火纯青的呢？

他表示，学习语言，必须具备三种心态，那就是猎人心态、蜗牛心态和蝙蝠心态。

尤今和
房东依格尔

"猎人心态"至为关键，他说：

"地上的走兽、天上的飞鸟，都不会自动扑到猎人的枪口上。猎人必须主动出击呀！"

在语言学习的道路上，他这个"隐形猎人"所要积极猎取的，是机会。他说：

"我不放过任何一个即使是最细微的机会。"

年轻时，依格尔在一所学府的食堂里当助手。忙完厨务之后，其他人打盹休息，他可不。征得学府管理层的同意，他到教室里当旁听生，从零学起。这堂课听完了，他便溜进别的教室，继续听、继续学。

"我不想一辈子待在厨房里与炊烟纠缠不清。"他说，"我一直有个梦想，我想拥有一家旅馆，与来自世界各国的游客打交道，让他们来到阿塞拜疆有宾至如归的感觉。而要实现这个梦想，我就必须先以英语来武装自己。"

原来呵，追逐梦想是他学习最大的驱策力哪！

在猎取到了难得的学习机会后，他便积极发挥"蜗牛心态"了。

"蜗牛每天顶着沉甸甸的硬壳，坚持不懈地爬行。当来到一堵高墙前面，它们选择的不是打退堂鼓，而是勇往直前，攀爬而上，那种顽强的斗志，是很好的学习楷模。"依格尔滔滔不绝地说道，"学习语言，最忌讳的便是三天打鱼，两天晒网。就算学习的速度比蜗牛更慢，依然必须坚持每天学习。"

他进一步指出，如果光靠坚持而没有兴趣，学习就会变成一大苦差；一旦撑不下去，便溃不成军了。

对依格尔来说，广播、电视、电影，全都是"寓娱乐于学习"的大好教材。他反对"苦背字典"的刻板方式，他说："一个字一个字地学，太枯燥了；再说，单字是为词汇服务的，倘若我们连词带句地学，不但可以学到文法，还可以兼而学到优美的表达方式。"

在学习的过程当中，依格尔讲求的是"蝙蝠心态"。

"蝙蝠，是所有的哺乳动物当中听觉最为敏锐的。蝙蝠的耳朵，具有非常精细的超声波定位结构，它分辨声音的本领很高。"他口沫横飞地解释道，"一开始学习语言，我便养成了像蝙蝠一样的习惯——屏气凝神地听，聆听对方的讲话内容，也仔细分辨对方的口音。如此经过多年的自我训练，现在经营旅舍，不管下榻者是哪一国人，也不管他有什么地方的口音，通通都难不倒我！"

谈到这儿，几名来自美国的房客回来了，他飞快地站起来，说："我给你们沏壶茶！"

把茶端来之后，他急切地问他们对舍基这地方的看法。

他把每一名房客当成他的老师，他把每一次的交谈看成是他的课堂。

我在他灼热的眸子里，看到了猎人扑向机会的敏捷，看到了蜗牛匍匐而行的坚韧，也看到了蝙蝠心无旁骛的专注。

## 战争后遗症

浓郁的香味，像是无形的闹钟一样，又活蹦乱跳地将我"闹"醒了。

每天早上，莎莉玛总变换着花样烹制各式各样的美味早点；香气像长了脚，满屋乱走。

我一出房门，快活的莎莉玛便热切地招呼我：

"哎，给你准备了一份炸乳酪面饼，热气腾腾的，快来吃呀！"

椭圆形的乳酪面饼，金光灿烂，瑰丽华美。薄薄脆脆的饼皮里面，鼓鼓囊囊的，全都是香香软软的乳酪，醇厚的芳馥，如晨雾般包围了我。

莎莉玛已吃完了一整个，正伸手往盘里拿第二个；胖胖的手指和厚厚的嘴唇，油光闪闪。她已顾不得说话了，从油炸面饼里冒出的烟气，好像是活的，兀自在她眼耳口鼻间流窜。

塞满乳酪的面饼很可口，但是，很大、很腻，我半个都还没有吃完，便看到莎莉玛伸手取第三个了。此刻，她身上层层叠叠的赘肉，全都穷凶极恶地发出饥饿的呼唤。

在阿塞拜疆西北部大城占贾，我们下榻

尤今和莎莉玛

于民宿，莎莉玛是房东的女儿，今年 29 岁，还待字闺中。只要她在家，厨房便炊烟袅袅。房东看着珠圆玉润的女儿，溺爱地说："她呀，没有什么别的嗜好，就是爱吃。"

当天傍晚，我们到水果集市去逛，正是葡萄上市时，甜熟的气息像芳香剂，把偌大的集市熏染成浪漫的葡萄园，绿的像翡翠、紫的像水晶。各买了一公斤，准备送一半给常常饟我以美食的莎莉玛。

回返旅舍时，莎莉玛正好下班回来。当我高高兴兴地把葡萄递给她时，她却近乎无礼地把我的手推开了，满脸厌恶地说：

"不不不，我不吃葡萄！"

她突兀的反应让我愕然，但是，她也没有解释，转身便走进了厨房。

我意兴阑珊地把两公斤葡萄拎到房里，心想：也许明天得以葡萄当三餐了。

当晚，月色澄亮，我和日胜在庭院里啜茶，莎莉玛拿着一个牛油蛋糕走向我们，笑眯眯地说："刚烘好的，让你们尝尝。"蛋糕一切开来，金光乱闪，和天上的月色交相辉映。质地绵密的蛋糕柔软丰润，是恰到好处的那种圆满完美。我们正吃得开心时，冷不防莎莉玛突然问道：

占贾街头

其一　南高加索

"你们知道为什么我不吃葡萄吗？"

不吃葡萄，不足为奇，青菜萝卜，各有所爱嘛！令我好奇的是，为什么她看到葡萄时，会如斯厌恶，而且，在霎时间变得那么无礼？其中必然有耐人寻味的故事。

果然，她缓缓地开口了：

"我是被葡萄咬伤了，而这，又是和我们国家的历史息息相关的。"

我的好奇心全然被撩起了，侧耳倾听。

她娓娓说道：

"你知道吗，长期以来，阿塞拜疆和邻国亚美尼亚，都为了领土而纷争不休。"

我当然知道，1992 年至 1994 年之间，两国还大动干戈呢！

"阿塞拜疆和亚美尼亚各自脱离了苏联而独立后，关系非常紧张，可以说是剑拔弩张，战事一触即发。风声一天比一天紧，大家如履薄冰，心惊胆战。到了 1992 年，酷寒的冬天降临时，可怕的战争终于爆发了。"

"那一年，你几岁呢？"我插口问道。

"我四岁，姐姐六岁，我们一家子住在巴库。爸爸是家中独子，年轻时，从乡下到大城谋生。在巴库娶妻生子，安定下来后，要接奶奶来城里一起生活，奶奶硬是不肯，她在乡下有所宽敞的房子，有葡萄园，养了些鸡、种了些菜，日子过得悠悠闲闲、有滋有味的，当然不肯移居到生活紧张的繁华大城来。"莎莉玛说着，眸子渐渐掺入了梦般的色彩，"每回我和姐姐去乡下奶奶的家，总雀跃万分。那儿地方宽敞，空气新鲜，我们啊，就像是从樊笼跑出来的两只小白兔，在柔软的草地上翻滚作乐、在泥地上和小鸡嬉戏。我们还屁颠屁颠地跟着奶奶到鸡窝里摸鸡蛋。新鲜的鸡蛋握在手里，还是温热的呢！奶奶把面包烘成小舟的形状，然后，把半熟的蛋放进小舟里，蛋黄晃荡晃荡的，那个鲜美的好滋味啊，让我几乎飞蹿上天！"

"那么，战争怎么影响你们的生活呢？"我把话题扯回来。

"哦，战争！"她如梦初醒，"那真是一场没完没了的梦魇啊！"

她梳理了一下情绪，才重新开口说道：

"父亲上前线作战，枪林弹雨，生命朝不保夕，母亲患上了抑郁症，白天默默流泪，晚上低声啜泣，有时，半夜里会扯开喉咙，放声号哭；眼泪，把屋子几乎淹没了。后来，还是奶奶一句话惊醒了她：你把眼睛都哭瞎了，两个孩子怎么办？母亲勉强振作起来，但生活还是罩在愁云惨雾里。外面兵荒马乱，我们成日关在屋子内，虽然只有四岁，我却感觉童年已经结束了。"

战争期间，物资匮乏，母亲一大清早便出去排队买面包，等上老半天，才捎回一个，母女三人要凑合着吃好几天，也就是在那时，莎莉玛切实地体会到什么是

"饥饿"。

"饥饿，是一个魔鬼，它在胃囊里恣意放火、它怂恿五脏六腑互相咬噬，整个人在剧痛中天旋地转。如果说生命是一棵树，那种逐渐走向枯萎的感觉，十分可怕，就好像有人强行扼住了你的咽喉，你却连一丁点儿反抗的力道也没有！"

后来，奶奶把她们三人接去乡下与她同住。

奶奶家里还偷偷地藏着一袋比金子还要珍贵的面粉，还有，葡萄园也在不久前有了收成。于是，姐妹俩餐餐都以面包和葡萄果腹。新鲜葡萄吃完了，便吃葡萄干。日日吃、餐餐吃，吃得全身上下都咕嘟咕嘟地冒着葡萄的气息。后来，一看到葡萄便想呕吐，可年纪小小的她，并不知道，这是让她活命的东西。母亲在她哭闹不休时，总好言劝慰她："你吃过这一顿葡萄面包后，明天，我设法找只鸡来烤给你吃。"母亲的许诺让她濒死的心又活了起来，她顺从地吃下了那半片葡萄面包。可第二天，母亲对她说道："鸡贩说，还要等一个星期呢！"她乖乖地吃了一个星期的葡萄面包，之后，母亲弄来的，不是鸡，而是一个鸡蛋。她一小口一小口地吃着那个熟蛋，幸福得双眼噙泪。之后，母亲用同样的伎俩，骗她继续吃葡萄面包……

1994 年，战争结束。父亲回来，一家子重新团聚。

"那一年，我六岁，连天的烽火，无情地吞噬了我的童年。我有着六岁女孩的躯体，可是，我再也回不去六岁的天真。"

说着，她将一大片牛油蛋糕往嘴里送。啊，心里对食物有着永无止境的渴求、胃囊对食物有永不满足的需求，应该都是战争的后遗症吧？

她一边咀嚼一边说道：

"2016 年 4 月，亚美尼亚和阿塞拜疆在纳卡地区冲突再起，双方的军事冲突已造成至少 30 人死亡。每一个阵亡的士兵，都是别人家的儿子、丈夫、父亲啊！我们一介百姓，无欲无求，单单只求能够过上和平的日子啊！"

说这话时，她脸色平静，可是，月色下的瞳孔，层层叠叠全是隐形的恐惧。

夜半，我听到了狼嗥。

凄厉、苍凉，曳着的尾音却又透着几分不着痕迹的跋扈与霸气，一声又一声，此起彼落，悠悠地绕着拉赫季这个 2000 余年的古村打转，把深沉的夜刮破了。群山惊醒，岿然不动。

翘首窗外，幢幢石砌屋子静静地沐浴在满天星光下，一时竟不知自己置身于哪一个年代里……

拉赫季古村坐落于巍峨的高加索山脉海拔 1211 米处，处处可见山，山山俱秀色。时间，在这儿忘了转动，一切都是慢悠悠、懒洋洋的，是一种久违了的生活步伐。

居住在拉赫季古村的阿塞拜疆人，2000 多年前原本是留居于伊朗境内高山区的，那儿气候酷寒，不利于放牧，粮食不足，因而迁移至此。

目前，拉赫季古村人口大约有 2000 余，大多数依然使用伊朗的塔特语（Tat）。

我们下榻于民居，那是一幢古里古气的双层石砌屋子。

由于这儿经常发生地震，为了防震，村民在建屋时，以特殊方式切割石材，并在石

古色古香而景致优美的拉赫季古村（1）

材里镶嵌木质建材，发展了独树一帜的风格。为了保护古村，有关当局严格规定，每一栋新盖的房屋，都必须是石砌的，因此，在过去几个世纪中，拉赫季古老住宅的风貌一直保持不变，而城市规划也没有任何重大的变化。最值得称许的是，拉赫季迄今仍然保有全世界最古老的地底排污系统，铺设历史可追溯到 1000 年以前。

我们抵达拉赫季古村时，细致的暮色，正缓缓地蔓延为大片的苍茫。睥睨众生的高加索山，在迷蒙的灰色里，竟也变得温柔可亲了。

年过五旬的房东伊斯迈，身子精瘦，然而，却有着和他个子全不相配的健壮臂肌。干净的眼神孕育着和善的笑意，他伸手把行李接了过去，热切地说道：

"欢迎呀，快去洗个热水澡，晚餐已经准备好了。"

伊斯迈给我们准备的，是阿塞拜疆的名食"三姐妹"。番茄、茄子、灯笼椒，分别穿着鲜艳的红衣、绚丽的紫衫、娇媚的黄衣。在那亮丽的外衣里，满满地塞着牛肉碎和洋葱碎。荤素交缠，荤食激出了素食的清甜，而素食又衬托出荤食的丰腴，互补长短，美味绝顶。

伊斯迈拥有一家祖传的肉铺，他本身就是屠夫。每天，邻近村庄的畜牧人家会牵两头羊上门卖给他，他在屠宰室内把羊儿宰杀了，处理干净，送到肉铺去。通常 11 点左右，便能卖个精光了。

睿智的伊斯迈认为生活应该是张弛有道的，他不要沦为赚钱的机器，更不要活得像一把拉得过满的弓，因此，每天肉一卖完，他便关店。回家去，看看书、种种花、煮些可口的食物，宠宠自己。如今，把房间出租给游客，旨不在赚钱，而是希望通过与各地游客的交流而增加对大千世界的认识。

他微笑地说道：

"在拉赫季古村，大家都选择以悠闲的步伐过日子，所以，八旬老人比比皆是，活上百岁，也是常事，是个名副其实的长寿村。"

拉赫季古村对于所有的村民来说，是一块永恒的磁铁。伊斯迈生于斯、长于斯、老于斯，而他也将死于斯。

他动情地说：

古色古香而景致优美的拉赫季古村（2）

"我永远不会搬离古村，我的下一代也将永远扎根于此。"

他有一对儿女，儿子在拉赫季当救火员，一直都不曾离开古村半步；而他目前正逐步把宰羊卖肉的窍门传授给儿子，安排他承接父业，儿子也乐于接受。

"我的女儿在巴库读大学，她班上许多来自其他乡镇村庄的同学，都喜欢首都巴库的繁华先进，然而，她却度日如年，一毕业便急巴巴地回返古村执教！"伊斯迈笑道："凡是出世时打上了拉赫季古村烙印的人，不论男女，永世都不会、不肯、不要走出这个村庄！"

一般来说，长着寿斑的村庄都面临着一个残酷的事实 ——许多传统行业日落西山，就业的机会少，加上生

拉赫季古村的民宿

活步伐缓慢，村子留不住年轻人，他们纷纷到城市打工，想方设法在城市里扎根，留在村庄内的，往往是无法做出选择的老弱病残，非常无奈。

可拉赫季古村不一样，在春夏秋三季，游人如织，年轻人靠旅游业为生；而当冬季来临时，气温降至零下20摄氏度，大雪纷飞、处处结霜，游人绝迹，年轻人便到城市里当临时工，暂居那儿。这时，原本人口2000的古村，便剩下寥寥的800余人了。不过呢，冬季一过，年轻人却又像候鸟一样，飞返古村，没有人会伺机长居城市。

伊斯迈自豪地表示，居民对于拉赫季古村，的确是有着强烈的归属感的。

用过晚餐，夜已深沉，入房就寝。

狼嗥盈耳，星光满天；而我，便在声与光的陪伴下，酣眠一宿。

次日一早，出门去逛。

秋天早晨的阳光旖旎得如同一场恋爱，铺着鹅卵石的大街小巷美如画卷。

非常有趣的是，由于伊斯兰教中许多的规定和礼仪，皆和数字"七"有着密切关系，因此，拉赫季古村也依此而设计——七条大街、七所清真寺、七间公共浴室，等等，由此可见当年其城市规划的严谨精密。

在中世纪时期，拉赫季是阿塞拜疆工匠麇集的主要中心，40余种工匠包括：铁匠、木匠、皮革匠、鞋匠、披

拉赫季的老店

巾编织匠、珠宝打造匠等，全都以精湛的手艺驰名四方，铜器的铸造和地毯的编织尤为突出，其中许多精品已收藏并展示于博物馆内。

目前，很多垂暮之龄的艺匠，依然留在古村的老店内，继承祖业，以传统独特的手工艺品吸引游客，使拉赫季古村成为旅游业的一大亮点。

信步走入一家铸造铜器的老店，选了一盏玲珑可爱的"阿拉丁神灯"，放在掌心里端详，随口问道："多少钱？"

脸上皱纹如乱线的店东淡定地说："30马纳特（折合新币24元）。"

"哎呀，这么贵！"我说："又不是真的阿拉丁神灯！"

他抬头睖了我一眼，说：

"如果是真的，我还会以区区 30 马纳特卖给你吗？"

我哈哈大笑，说：

"对呀对呀！既然是假的，就打个折扣吧！"

他坚定地摇头，说道：

"我卖的，不是商品，而是祖先代代相传的珍贵手艺。商品可以随意削价，手艺却是精神的资产，一分一毫都减不得。"

言之成理呀！我分文不减地把它带走。

拉赫季古村，是活蹦乱跳的历史，它让我见证了2000 年前阿塞拜疆人细致典雅的生活方式。

# 格鲁吉亚

**坚果香肠**

　　一迈入泰拉维（Telavi）的干果集市，双眸立马映入了斑斓的彩虹。

　　许多摊子，满满地挂着串串五颜六色的"香肠"——红、绿、紫、黄、褐。

　　一向嗜食香肠的我，实在不明白，为什么格鲁吉亚（Georgia）的香肠竟然是五彩缤纷的？

　　飞扑过去看。

　　一名年迈的摊主，脸上浮荡着笑意，正用针线把核桃串起来，串完一串又一串；那神情，就好像是一个慈祥的老祖母在为孙辈缝缀百衲被。看到满脸好奇的我，她停下了动作，指着那一串串沉甸甸地垂挂着的"香肠"，热切地说道：

　　"这是格鲁吉亚最著名的小食 Churchkhela，一条才3拉里（折合新加坡币1元5角），你要试试吗？"

　　说着，用刀子切了一小节，递给我。一般来说，香肠必须经过蒸煮才能入口的呀，我接了过来，迟疑着没有放入嘴里。她催促着说："吃呀，吃呀！很美味的！"我硬着头皮咬了一口，哎呀，完全出乎意料，那香肠，竟然不是荤的、咸的，而是素的、甜的！浓浓地缠在味蕾上的，是葡萄香醇的滋味和核桃清新的香气。

Churchkhela 是格鲁吉亚历史悠久的食品，迄今没有正式的译名，我姑且把它称为"坚果香肠"吧！

每年秋风乍起，农田丰收，家家户户的老祖母便会利用盛产的葡萄和核桃，制作坚果香肠。坚果热量高，葡萄富含维生素，用以果腹，十分耐饱，它还具有久存不坏的特质哪！过去作战时，军士必备；生活安定后，家里常备。庆祝佳节或家有喜事，也绝对少不了它。它营养丰富，学生爱它，上班族也爱它。在时间的夹缝里快速地吃一两条，一方面节省了用餐的时间；另一方面，又补充了元气，一石二鸟。

为了适应不同味蕾的需求，现在，制作原料已经多元化了。香肠的外衣，除了葡萄之外，也选用橙子、梨子、桃子、李子、奇异果、胡萝卜等，形成了缤纷的色泽；至于内馅呢，除了核桃，也塞入榛子、杏仁等。

在泰拉维，我报名烹饪班，学习制作这道自从八世纪便风靡全格鲁吉亚而今仍是全民最爱的食品。烹饪班开设于绿意盎然的葡萄园，串串晶莹的葡萄垂挂在茂盛的叶丛中，展现了一种丰硕的瑰丽。

拥有双重下巴的厨娘，胖胖的圆脸上，蓬蓬勃勃全是和善的笑意。

她手脚麻利地将去壳的核桃在炉子里微微烧烤两三分

在集市上出售的坚果香肠

其一 南高加索

钟，冷却后，逐一掰开，用大针和粗线把核桃串起来，长短随意，然最短者必须有至少 25 颗核桃。接着，将面粉掺入葡萄汁里，搅至均匀柔滑，生火煮沸。两三个小时后，当葡萄汁变得浓稠如奶油时，厨娘便将串在粗线上面的坚果浸入葡萄浓浆里，取出，吊在竹竿上，放在阴凉处，阴干三四天。

做好的坚果香肠，可以趁新鲜时吃，但是，如果能以毛巾裹好，搁上两三个月后才吃，会更美味。厨娘笑眯眯地说："家中长辈喜欢在秋季里把它做好，储存到新年，味道恰到好处呢！"

参加这项烹饪课程，让我最为难忘的，是厨娘在教导过程中所展现出来的高度热忱；她让我切实地感觉到，她不是在传授一种食谱，而是尝试把格鲁吉亚一种美丽的传统食品发扬光大！

泰拉维坚果香肠的制作技术，在 2015 年已被列入格鲁吉亚非物质文化遗产名单内了。

## 乳酪的天堂

在格鲁吉亚，喜欢乳酪的人日日有惊喜，讨厌乳酪的人天天有惊吓。

疯狂地爱着乳酪的格鲁吉亚人，除了真刀明枪大块大块地品尝乳酪之外，还处心积虑地将乳酪嵌进瓜果蔬菜和其他食材里。哎哟哟，一个不小心，满嘴都是不清不楚的乳酪，避也避不了，逃也逃不掉。不过呢，嗜食乳酪如我者，却在此找到了味蕾的天堂。

格鲁吉亚人疯狂地迷恋着一种叫作"Khachapuri"的食品，我姑且把它译为"乳酪馅饼"吧！

"乳酪馅饼"当可被视为格鲁吉亚的国民食品，家家户户都会做，间间餐馆都卖它。它种类繁多，有荤有素；做法各异，变化多端。

在格鲁吉亚旅行期间，我至少品尝过10种味道和卖相截然不同的乳酪馅饼，其中最特别的，莫过于"Adjarian Khachapuri"了。宛若船型的长面包，中间凹陷，里面注满了沸腾的液状乳酪，上面晃晃荡荡地搁着一个生蛋，还有一片厚厚的黄油。那种丰腴的好滋味，即连极端挑剔的舌头也几乎被融掉了。

根据当地的一项调查，和意大利的比萨相较，有高达88%的格鲁吉亚人喜欢自家的

格鲁吉亚是奶酪的天堂

乳酪馅饼，正因为如此，在世界各地耀武扬威的意大利比萨，在此始终威风不起来。有趣的是，乳酪馅饼的价格，居然被当地人当作衡量格鲁吉亚不同城市通货膨胀的指标！

玛嘉是我在格鲁吉亚认识的年轻女子，自诩为饕餮的她，用夸张而又不失真实的语调对我说道："我如果一天不吃乳酪馅饼，便有活不下去的感觉。"现年29岁的她，从来不曾迈出国门，她亦庄亦谐地说道，"每回一想到在国外可能吃不到乳酪馅饼，我的精神便饱受凌迟了，遑论真的吃不上啊！"

到格鲁吉亚集市去，卖乳酪的摊子多如繁星。堆叠如山的乳酪，形状不同、年份不一、颜色相异，价格当然也有霄壤之别了。

格鲁吉亚人选购乳酪，是不肯有半点儿迁就与马虎的，辨别乳酪优劣的标准在于气味和质感。

玛嘉告诉我，一百个人做乳酪，就会做出一百种截然不同的味道。习惯了某一种味道，通常便会向同一个摊贩购买。有一回，玛嘉熟知的某个摊贩没有开摊，她只好转而向他人购买，她微愠地说：

　　"我花了长时间挑选，选出了颜色、质地和气味都相似的乳酪，以为万无一失了，没有想到，当我做乳酪馅饼时，它低劣的质地便无所遁形了。好的乳酪，在高温之下，会变得特别有韧性，用叉子挑起来时，丝丝缕缕，纠缠不清，香气绵绵不绝。可这乳酪，融化之后，绵绵软软，毫无筋道，即连味道，也是死气沉沉的！"

　　玛嘉表示，要品尝真正好的乳酪，必须到农村去买。村妇以祖传手艺和新鲜食材酿造出来的乳酪，风味绝佳。在夏天，乳酪一公斤 7 拉里（折合新币 3 元 8 角），到了冬天，价格却会涨 20% 或更多；于是，许多节俭持家的主妇，便会在溽暑的夏天里，到农村去，买大量乳酪回家囤积。为防乳酪干裂，她们还把乳酪浸在盐水里，使它能长期保持柔滑如奶的特质。

　　回返新加坡后，好友阿星看到脸如满月的我，啧啧惊问：

　　"你你你，到底吃了多少卡车的乳酪？快快从实招来。"

　　我不出声，因为磅秤上骤然上升的磅数，已迫不及待地做出了答复。

　　嘿嘿，真是"种瓜得瓜，种豆得豆"啊！

来到了格鲁吉亚东北部的城镇克瓦雷利（Kavreli），下榻于一个被高加索山脉环抱的小城里。

仰头是山，低头亦是山；开门见山，开窗亦见山。

长达 1200 公里迤迤逦逦地连天而去的高加索山脉，变化多端。目光刚刚掠过了一座山，当我还在为那曲线起伏的婀娜美姿而心跳难抑时，另一座山那种巍峨雄壮的美又气势万千地闯入眼帘了。目不暇接的我，被这一波又一波汹涌澎湃的美震撼得说不出话来，只能顶礼膜拜。

此刻，我晃悠悠地变成了一朵云，在山与山之间徜徉，在山与山之间穿行；看山与山的恋情，听山与山的对话。啊，远看宛若入定老僧的山，原来是有着凡间种种喜怒哀乐的。说它不问世事，说它不谙世情，是世人对它最深的误解。它熟悉人间百味，它有千种性格。它温柔，它也跋扈；它活泼，它也肃穆；它端庄，它也放浪；它沉默，它也喧嚣。它，是活的。

次日一早，驱车出游。在云深不知处的高原上，丰饶而又妖娆的草，放任不羁地长成了一种妩媚的形状。数目惊人的羊，顽皮地把自己化为一颗颗浑圆的珍珠，惬意地散落在那一片无边无际的绿色当中。

快乐立马在我心里枝繁叶茂。停车，走向草原，原本慵懒地躺着做日光浴的羊儿，立刻警觉地跳了起来，群起奔逃。我这才想起，羊儿怕人，一只逃，一群也跟着逃。忠心耿耿的牧羊犬，发狂地吠，吠得连太阳都摇摇欲坠了。"喂喂喂，我不是狼呀！"我喊着说，它们置若罔闻，逃的继续逃，吠的继续吠，正当我尴尬地看着眼前这一片无趣的混乱时，牧羊人适时出现了。

年过六旬的他，戴着一顶鸭舌帽，挂着一根以粗大树枝削成的手杖；浓密的胡子像个挂在下巴的鸟巢，银光闪闪。一生的沧桑，化成了长长的皱纹，一道一道毫不含糊地镌刻在额头上。深邃的眼睛，清澈透亮，透着一种洞悉世情的睿智。

名字叫作卡扎赫尔的他，16 岁便开始牧羊了，迄今已和羊群相处超过半个世纪。他的祖祖辈辈都是以牧羊为生的；牧羊是他这一生没有选择的选择，在羊群的相伴下，他欢欢喜喜地长大，又无可奈何地老去了。

目前，他在 4 条牧羊犬的协助下，替 5 户人家照顾1000 头羊。

牧羊人逐草而居，每年三月到十月之间，卡扎赫尔就留在气候温凉的高原地带，让羊群享受高山多汁美味的嫩

高加索牧人

草。十月过后，冬季降临，寒气慢慢变为匕首。这时，温暖的春风把平原唤醒了，他又颠颠簸簸地把羊群迁移到平原去。

如此周而复始，循环不休。

长年常日独自一人与羊群为伍，四条牧羊犬听不懂人话，群山又不肯和他对话，他寂寞吗？

"寂寞？"他笑了起来，"不，一点都不。羊群把我看成保姆了；有时，母羊生羔羊，我还帮忙照顾呢！我有老老少少那么一大群亲属陪伴着，你说，我还会寂寞吗？"

他说着，走向羊儿，羊儿不奔不逃，他亲昵地把一只小羊抱在怀里，小羊舒畅地发出了咩咩的叫声。

谈及羊儿的售价，卡扎赫尔表示，绵羊越嫩，售价越高，一岁左右的绵羊，可卖一百五拉里（折合新币七十八元）；到了两岁，就只能卖一百二拉里了。一般，养殖户喜欢出售公羊而把母羊留作繁殖之用。

养殖户从羊儿身上赚取到丰厚的利润，然而，身为羊群的保姆的他，却只能靠着微薄的工资过着清贫的生活。他的三餐，以面包和酸奶为主。无欲无求的他，一心认定这是上天的安排，无怨无悔，甘之如饴。

卡扎赫尔的生活极有规律，早上七时把羊群从羊舍放出来，骑着马，在牧羊犬的帮忙下，浩浩荡荡地把它们领到水清草茂的地方，让它们大快朵颐。到了傍晚七点，又将它们赶返羊舍。

工作看似繁重，实则简单；简单，是因为"群羊心态"。

卡扎赫尔将羊分为四大组群，分别由四只经验老到的牧羊犬带领，向前直奔，其他的羊，不分青红皂白地盲目追随。每天一早一晚，卡扎赫尔都以同样的安排，毫不费劲地带着偌大的羊群往返于羊舍和草地之间。

绵羊的天敌是野狼，牧羊人最重要也最危险的任务便是防狼、杀狼。

卡扎赫尔指了指身上那袭羊皮袍子，问我：

"你知道为什么牧羊人都喜欢穿羊毛衣和羊皮袍子吗？"

"漂亮呀！"我不假思索地说。

他笑了起来，幽默地应道：

"披了羊皮袍子、穿上羊毛衣衫的人，不管怎么好看，都比不上真正的绵羊漂亮啊，又何必与它们斗丽争妍呢！"

是是是，我也笑了起来。东施效颦，自讨没趣呀！

卡扎赫尔指出，羊儿性子忌生而又怯生，牧羊人身穿羊毛衫、披上羊皮袍子，会散发出一种羊儿所熟悉的气味，很容易和羊群打成一片。此外，凶残的野狼常常会在月黑风高的时侵袭羊群，牧羊犬不是它的对手，只能虚张声势地以凄厉的吠叫声来唤醒天空、唤醒月亮、唤醒他。性子狡猾的野狼怕枪杆，它们一看到牧羊人荷枪出现，会像闪电一样逃遁无踪。然而，当牧羊人戴着羊毛帽子、穿着羊毛衣、披着羊皮袍子出现时，浑身都强烈地散发着羊

尤今和牧羊人卡扎赫尔合影

高加索山风光如画

儿的气息，野狼误以为那是另一头羊，卸下防御之心，牧羊人因此得以在近距离将它射杀。

卡扎赫尔说道：

"对野狼来说，羊舍是个食之不尽的粮库，如果让它得逞一次，它食髓知味，就会夜夜回来羊舍觅食，羊群会因此而饱受骚扰。鉴于此，一举把它干掉，至为关键。一头野狼被杀掉了，并不意味着从此便可以高枕无忧了；羊群是野狼永远的诱惑，牧羊人是一分一秒也松懈不得的。"

"神出鬼没的野狼们就近在咫尺，你难道不害怕吗？"我问。

他微笑地答道：

"高加索的子民，是无所畏惧的。"

当他说这话时，语调、眼神，满满的都是"兵来将挡，水来土掩"的豁达与自豪。

高达五千多米的高加索山，霸气地伫立着。啊，那是难以逾越的一种高度，那是难以仰视的一种豪壮。风绕着山头呼啸来去，山仿佛在回应卡扎赫尔的话：是的，生活在我怀抱里，又怕个啥呢？一切的一切，都由我承担啊！

# 甜蜜的疯狂

## ——格鲁吉亚葡萄成熟时

每年，一进入妩媚的九月份，格鲁吉亚便陷入了一种甜蜜的疯狂里。

为葡萄而疯狂。

九月份，是葡萄成熟的季节，格鲁吉亚每一寸空间都镶嵌着葡萄的绿影，每一寸空气都飘荡着葡萄甜香的气息。

一迈入东北部城镇克瓦雷利（Kvareli），我便像陷入流沙般被铺天盖地的葡萄整个淹没了。大地是绿色的，天空是绿色的，风是绿色的，连河流和山脉，也是绿色的。肥头大耳的葡萄，在农庄里、在酒庄内、在庭院中、在大路旁、在小径里，兴高采烈地化成了一片又一片饱满的丰硕。风来时，润泽的绿色便恣意地漫了我一身一脸。

当地人满脸自豪地告诉我，格鲁吉亚地貌的多样性和来自黑海的湿润空气，使它成为全世界葡萄生产品种最多的国家。皮有厚薄之分、色有深浅之别、味有甜酸之差异、籽有大小之不同，每一串葡萄，都有自己的个性和魅力。我好奇地问道："葡萄品种至少有一百个类别吧？"他一听便纵声大笑："一百种？你也太小觑我们了吧？告诉你，格鲁吉亚的葡萄有多达五百二十四个品种！"

古色古香的格鲁吉亚

　　哇！我发出了井底之蛙般的惊叹声。

　　那天早上，我们到一个葡萄庄园去参观，正好碰上收购大队把收割下来的葡萄送去酿酒厂。几十辆大卡车，呈一条直线，停泊在庄园外面的马路边。精神奕奕的葡萄，声势浩大地在卡车上堆积成山，绿光四射，有一种气吞山河的壮阔。坦白地说吧，平常惯于把半公斤或一公斤葡萄小里小气地拎在手里的我，着实被眼前这一份咄咄逼人的景象大大地唬住了。

　　接着，到设于山中隧道的酒库去参观，那种酒气浩瀚的非凡气势，再度震撼了我。这条隧道（Gvirabi Wine

Tunnel），气宇轩昂地穿越了险峻的高加索山脉，绵延 7.7 公里。在世界大战过后的冷战时期，这条隧道原本是为了军事用途而修建的。20 世纪 90 年代初期，苏联解体格鲁吉亚独立之后，有家规模宏大的酒厂，发现隧道的常年温度介于 12～14 摄氏度之间，是储存酒类最为理想的温度，因此，把它买下，改建成储酒库，储存了 20000 多瓶葡萄酒。近年来，更进一步发展为旅游胜地，游客可来这儿参观，了解格鲁吉亚的酒文化，并品尝和购买品种繁多的葡萄酒。

丝丝凉意的隧道，静静地弥漫着浓郁的酒香。导览员通过实物的展示和深入浅出的讲解，将我们一步一步地引入格鲁吉亚独树一帜的酒文化里。

导览员向大家抛出的第一个问题是：

设于山中隧道的酒库

"猜猜看，格鲁吉亚的酿酒历史有多久？"

有人猜数百年，有人猜上千年，最大胆的，猜2000年。

导览员露出了得意的笑脸，说道：

"都不对。我们种植葡萄，已有七八千年的悠久历史了，而我们的葡萄酒，至少也有七千岁了。"

大家哗然，都不相信。可导览员却好整以暇地表示：这样的说法，既不是空穴来风的胡乱臆测，更不是自我炫耀的夸夸其谈。它有迹可寻、有据可考。在 20 世纪 60 年代，考古学家对出土于格鲁吉亚的 10 粒葡萄籽进行研究后发现，这是距今七八千年前以人工栽培的葡萄；如今，这些葡萄籽连同 7000 年前酿酒用的黏土罐子，还陈列在皇家博物馆里。

导览员指出，南高加索格鲁吉亚境内的肥沃村庄，是葡萄酒酿制的发祥地；当年，格鲁吉亚位于古丝绸之路的要道，商旅船队便通过水陆源源不绝地把葡萄品种和美酒佳酿传到了欧洲、亚洲和中东地区。如今，考古学家在格鲁吉亚的许多古堡和皇宫的遗址里，都发现了深埋地下的大酒桶。

导览员振振有词地说："英语、法语、德语和俄语中的'葡萄酒'一词，都源自格鲁吉亚语，这是葡萄酒起源于格鲁吉亚的又一明证。"

最让我惊叹的是，位于格鲁吉亚东部盛产葡萄的卡赫季州（Kakheti），迄今还保存着以传统古法酿酒的方式。

这种纯手工的酿造过程，是举世无双的。工人将人工压榨的葡萄原汁倒入格鲁吉亚特有的红色黏土烧制的大陶瓷（当地语是 Qvevri）内，密封，然后，把这个容量3000 公升的大陶瓷埋入地底下，使其保持 14 ～ 15 摄氏度的恒温。葡萄在地底下的自然环境里发酵几个月后，便能化为香醇的葡萄酒了。格鲁吉亚人相信，让酒在大陶瓷里发酵，比用木桶更能保持葡萄清冽隽永的香味，而酿出来的酒也更加的饱满浓郁。

卡赫季州这种传承了数千年的独有工艺，目前已经被列为世界非物质文化遗产了。

有趣的是，有一天，和旅舍年轻的房东玛嘉格丽聊天，谈起过去格鲁吉亚人以脚踩踏葡萄取汁酿酒的情景，我满脸沉醉地说道：

"我看过一部电影，长方形的大木槽里堆满了肥硕的葡萄，女子赤着脚，欢天喜地地在葡萄上踩呀踩的，唱歌、跳舞，葡萄甜甜的汁液便在她们脚下流成一道道绿色的溪、碧绿的河；之后，她们便拿这些翠绿的溪水与河水去酿酒……"

话未说完，性子开朗的玛嘉格丽便哈哈大笑，说道：

"电影，把辛苦的劳动生活全然美化了，且还扭曲了真实的情况。你也许不知道，在我父母居住的村庄里，现在，家家户户依然是以这种古老的方式自酿葡萄酒的。不过呢，村庄里所有的女性，都不准踩葡萄，因为村人迷

酿酒的大陶瓷成了美丽的装饰品

信，认为女人的心犹如海底针，难以揣测，而女人的心情和脾性也变幻不定，所以呢，由女人的脚踏出来的葡萄汁，可能会随着她们心情的起落而变酸、变苦！鉴于此，我家酿酒，都是由我老爸一人踩葡萄的，这可是一个大苦差呢！用力太猛，踏碎了葡萄籽，是万万使不得的；用力太轻，又难以将葡萄汁全都踩出来。每回酿酒季节过后，老爸都会腰酸背痛好一阵子呢！"

我疑惑地问道：

"你是说，你的老爸现在还用这古法酿葡萄酒？"

"是呀！九月份正好是我老爸酿酒的季节。明天是周末，我打算抽空回村子探望父母，住上两天。你有兴趣和我一起回村子看看吗？"

我心里的那根火柴被她的话点燃了，快乐的火花噼噼啪啪地飞溅四处，立刻不假思索地应道：

"好呀，好呀！"

玛嘉格丽成长于一个住了 4500 人的小村庄哲达沙卡鲁阿（Zeda Sakara——简称哲达村）里，她的祖祖辈辈都住在一栋占地广阔的老房子内，以务农为生，种玉米、瓜果、蔬菜。父亲在周遭的地里种了数百株葡萄树，葡萄成熟后，可以收割大约 600 公斤的葡萄，全用以酿制成酒。自己喝，也送给亲朋好友。当然，如果其他村庄有人上门来买，他也会出售。玛嘉格丽告诉我，在哲达村，家家户户都会酿酒，每个成年人都有极好的酒量。在酿酒季节里，大家见面时，唯一的话题就是酒，彼此殷切地探问有关酿酒的秘方。酒酿好之后，互相赠送，奇怪的是，尽管酿酒的原料和酿酒的方法几乎一样，每家每户酿出来的酒，味道还是不同。大家在咂嘴咂舌地品尝着时，也暗暗地较量；孰优孰劣，心里有数。

格鲁吉亚人是无酒不欢的，日日饮、餐餐饮。客人上门时以酒款待，出去串门时，则接受别人以酒招待。村里办喜事时，大家喝得酩酊大醉；而有人办丧事时，酒依然是主角，但是，根据礼俗，在丧礼上喝醉了，对死者是大不敬的，因此，大家都很节制。

"我老爸最担心的便是无酒可喝。"玛嘉格丽笑着说道，"一旦家里的酒喝完了，他便坐立不安，不是伸手向交情好的邻居讨来喝，便是到邻村去向不认识的农户买来喝。由于大家都酿酒，酒价非常便宜，一公升才售2拉里（折合新币1元）。我从城里带回来的价格昂贵的酒，他和村民都不爱喝，因为他们觉得乡下自酿的酒就好像乡野莽夫，粗犷而又豪放，充满了野牛般的性格，喝起来痛快淋漓，而且，一家有一家的味道，百花齐放、百鸟争鸣。至于酒厂酿出来的酒，一步一脚印，都是经过精细策划的，像是衣冠楚楚的君子，没啥劲道。"

乡下男人饮酒时，喜欢一鼓作气地牛饮，易醉。酒后滋事或驾车肇祸的事件日益增加，格鲁吉亚在2016年颁布了新的条例：醉酒驾车者，初犯者禁止驾车半年，再犯呢，取消驾照，必须重考。

玛嘉格丽说：

"法令颁布后，许多男子都要他们的妻子去学驾车，好让他们在宴会上开怀畅饮。我老爸原本以为住在乡下，山高皇帝远，谁也管不着，所以呀，酒照喝，车照驾；他老是信心满满地说，都喝了一辈子了呀，就算是醉了，眸子还是亮的。没有想到当局执法如山，一日，酒后驾车，被逮着了，整整 6 个月不能驾车，在生活上造成了许多不便。现在，学乖了，酒一沾唇，便不驾车了。"

谈谈说说，抵达哲达村，已是下午三时许了。沿途迤迤逦逦的，全都是葡萄园，抬头低头，触目皆是绿浪。一串串垂挂着的葡萄，展现着一览无余的丰腴与丰裕。

玛嘉格丽的祖宅是一栋双层的木屋，她年过六旬的老爸辛纳赫尔，就站在门口，欢喜地迎接数月未见的女儿。长得虎背熊腰的他，嗓门大，笑声也大。他不谙英语，一见到女儿，便叽里呱啦地说了一串格鲁吉亚语，看起来兴致极高的样子。玛嘉格丽告诉我，她老爸说，我们正赶上下午喝酒的时间，点心全已准备好了。

听，是下午酒哪，不是下午茶！

大厅的桌子上，放着一个粗糙朴实的大瓶子，里面装满了酒，瑰丽晶亮，一如液状红宝石；空气里，弥漫着浓烈馥郁的香气。下酒的小食包括奶酪、炸饺子、面包、花生、核桃、烧烤玉米棒等。

辛纳赫尔豪气万分地把大大的杯子倒满了，好似他在倒的是白开水。他说："这是我刚从地底下的陶瓮舀上来的，喝完了，我再去舀。"我心想：这么一大瓶酒，怎么可能喝得完呵！可我完全低估了他的酒量，我一小杯还没有啜完，他便咕噜咕噜地喝了两大杯，还继续再倒、再喝，满脸都是松快通透的舒畅。玛嘉格丽说得没错，乡下自酿的酒，很有一股野劲，不易驾驭，小小一杯下肚，不胜酒力的我，便感觉到一股野火从脸上熊熊地烧到了喉咙又蔓延到胃囊里去了，可辛纳赫尔呢，却面不改色，一杯接一杯地喝，喝喝喝，完完全全地体现了格鲁吉亚男子嗜酒如命的个性。以酒当水固然痛快，但是，这样的任性，是需要付出代价的。据说哲达村里罹患肝病的男性为数不少，而村民的平均寿命也只有六七十岁而已。

令我感到非常失望的是，由于气候的关系，今年哲达村的葡萄迟熟，辛纳赫尔将酿酒的日期挪后到十月份，我因而无缘目睹依古法脚踩葡萄以酿酒的盛况。

为了让我了解酿酒的程序，辛纳赫尔兴致勃勃地将我引到酿酒的庭院去。16岁便开始跟着祖父学习酿酒的他，早已成了此中老手了，他自诩体内的每一个细胞都有着葡萄酒的烙印。

宽敞的庭院里，有一个长方形的石灰槽，左下角衔接着一条管子，直接通向埋藏在地底下的大陶瓮。葡萄成熟后，在石灰槽里放入大约50公斤葡萄，之后，身材魁梧的辛纳赫尔便站在石灰槽里的葡萄上面，以他"孔武有力"的大脚连续三个小时不断地踩呀踩的，葡萄不堪蹂躏，汁液源源不断地流出，通过管子，流进陶瓮里。

根据格鲁吉亚的传统，葡萄汁里不加糖，也不加酵母，只是按照比例加入水分，让它在地底下自然发酵。为了使葡萄酒的味道更为醇厚，辛纳赫尔会在陶瓮密封之前，放入适量的葡萄皮和葡萄籽。在开始的三周内，每隔

尤今和辛纳赫尔父女共同享用下午酒

一天，便得开启陶瓮，翻搅一下，接下来的一个半月，隔几天翻搅一下，之后，便不再干扰它，让它静静发酵、酝酿、沉淀。三四个月过后，葡萄汁的大甜转化为葡萄酒的清甜，把杂质过滤掉，便可用葫芦做成的瓢子舀起来喝。初酿的酒，不够柔润顺滑，必须等上至少八九个月，葡萄酒那种温润沉厚的特质才会浮现出来。辛纳赫尔说，好的葡萄酒，一喝入口，是会爆出一种甘醇的浓香的。

　　那一整天，我们纵情饮酒、尽情论酒，入夜，满口酒香、满身酒气；入寝之后，居然梦见自己站在石灰槽里，用一双大脚快乐地踩着葡萄，嘴里还哼着王洛宾在吐鲁番葡萄沟所创作的那首脍炙人口的民歌《黑力其汗》："葡萄沟的葡萄／唯有那白葡萄甜／葡萄沟的姑娘／要数咱黑力其汗……"后来，被自己荒腔走调的歌声活活吓醒，清晨像碎钻般的阳光，已经温温暖暖地铺满了床褥。

用过早点后，告辞。

热诚好客的辛纳赫尔，送我一大瓶葡萄酒，他说："这是我刚从陶瓮里舀出来的，你带回去，慢慢喝，愈久愈香醇呢！"

我用几层衣服严严密密地包裹着，飞越千山万水地捎回新加坡来。

一直没有喝，它就搁在案头上，夜以继日地散发着一缕一缕芳馥的香气，一股独独属于格鲁吉亚的香气……

# 亚美尼亚

## 无酵面包

亚美尼亚（Armenia）北部的兹韦日（Zrvezh），是个民风淳朴的古老村庄，居民只有 7000 余人，然而，可供凭吊的古迹却不少。生活节奏异常缓慢，就好像电影的长镜头一样，定格在一个古老的年代里。

我们下榻于民宿，偌大的屋子，只住了祖孙俩。年过七旬的祖母玛格烈，穿一身色彩缤纷的衣裙，褐色的头发很有韵致地卷成波浪形，看起来比实际年龄年轻许多。她不谙英语，她那 20 余岁的孙女娜尼丝就充当了我们的翻译。

苍老的大屋弥漫着一种陈年的腐朽气息，然而，朝气蓬勃的娜尼丝一出现，老屋便好像注射了羊胎素一样，蓦然变得年轻起来。娜尼丝浑身都蓄满了语言，恨不得把古城的一切用清脆的嗓音"装订"成一部"百科全书"送给我当参考。

次日一大早，娜尼丝便来敲我的房门了，兴致勃勃地问道：

"我奶奶正在做无酵面包（Lavash），你要来看看吗？"

啊，无酵面包！我一听，快乐便像爆米花一样"噼噼啪啪"地在我心房里爆开了，我趿了拖鞋，跟随着她，到那祖传的烘焙间去看她奶奶烘制无酵面包。

柔软的无酵面包，圆圆、平平、扁扁；在我看来，它更像是薄薄的烙饼。

它是亚美尼亚人的主食，早餐、午餐、晚餐，都吃它；荤食素食，都以它来配搭。当地人还别出心裁地将它卷成各种美丽的形状，当作盘饰，真是"物尽其用"啊！有时，厨师也会把它垫在盘底，把带汁的肉块放置其上；无酵面包饱吸汁液，纤柔如花，一触即融；吃着时，轻飘飘地似要羽化成仙。

到菜市去逛，售卖无酵面包的摊子声势浩大地排列着，为防面包干裂，摊主手里都捧着一个盛满清水的大碗，不断地往上面洒水，好似她们照顾的是一个个生命力旺盛的盆栽！一般，无酵面包如果保持干燥的状态，可以收藏一年；不过呢，泼过水的，仅能保存两三天而已。无酵面包每片的售价是100德拉姆（折合新币3角），当地人不是一片一片地买的，而是成叠成叠地捧回家去的。毫不夸张地说，亚美尼亚人倘若一天见不着无酵面包，便会思念成疾了。

值得一提的是，无酵面包是亚美尼亚画家最爱采用的素材，在首都埃里温的周末集市里，我就在不计其数的油画和水彩画里，看到一个个妇女坐在土灶旁，勤勤勉勉地烘焙无酵面包，她们就像是蜜蜂，浑身散发出一种宛如蜜糖般的甜蜜气息。

这个早上，玛格烈奶奶好似从画里走了出来，坐在氤氲着面粉香气的烘焙间，手脚麻利地用一根超大的擀面杖孜孜矻矻地擀面团。

顾名思义，无酵面包就是不加酵母而做成的面包，主要的原料是水、面粉和盐。玛格烈奶奶使劲地将面团擀得平平、薄薄的，再撒上烘焙过的芝麻籽，然后，将一根长长的木杖把面团粘在传统土灶的内壁上。这时，土灶已被熊熊烈火烧成高温状态，无酵面包很快便被烘焙得又干又硬，玛格烈奶奶手脚转动如飞轮，将无酵面包一片一片地"刮"出来。干干硬硬的无酵面包很快便在土灶旁堆叠成一个小丘，我惊诧地问道："做这么多，你们才两个人，怎么吃得完呀？"娜尼丝笑道："这些无酵面包都是做来储存的，如果现在要吃，就不能做得太干、太硬，必须有一定的柔软度。"

这时，玛格烈奶奶朝我招手，娜尼丝说："奶奶让你试做几个。"我高兴地动手，哎呀，看似简单，但是，做起来却手忙脚乱。面团被我擀出了一个奇怪的形状，而且，凹凸不平，玛格烈奶奶笑得几乎岔气。放进土灶时更是糟糕，我双眼被热气熏得睁不开来，一失手，那个奇形怪状的面团便掉进灶底了。唉，出师未捷身先死呀！

娜尼丝告诉我，烘焙无酵面包，火候必须拿捏得很准，面团太干，会过硬；面团太湿，又难于入口。做无酵

尤今与玛格烈一起烘制的无酵面包

面包已经有好几十年经验的玛格烈奶奶，早已有了出神入化的手艺，套用娜尼丝的话，就算闭上双眼，也能做出完美无瑕的无酵面包。我说："菜市有卖呀，何必自己辛辛苦苦地做呢？"娜尼丝嗤之以鼻："菜市卖的，全都是冷冰冰的机械制成品，粗糙如纸，哪能吃呀？"短短几句话，便道出了她满满的幸福。奶奶的双手，有着爱的芳馥，那是上天下地也觅不着的味道啊！谁与争锋？

　　玛格烈奶奶特地烘焙了一些柔软香脆而不耐久存的无酵面包，给我们当早餐。当那热腾腾的无酵面包一从土灶取出来，娜尼丝立刻裹上乳酪和青葱，让我大快朵颐。酥酥脆脆的无酵面包嚼起来发出了"咔嚓咔嚓"的响声，青葱的微腥，把乳酪蕴藏着的咸香全都牵引出来了。原本都

菜市出售的无酵面包

是稀松平常的东西呀，然而，三者结合，却汇成了一种丰富的味道。

娜尼丝接连吃了一个又一个，奇怪，那么纤细的身子，怎么竟会有那么大的容量呢？

看到我目瞪口呆的样子，她笑嘻嘻地说道：

"奶奶做的无酵面包，实在太好吃了，就算一口气吃上 100 个也不算多啊！"顿了顿，又一脸得意，继续说道，"你知道吗，无酵面包是所有女性的恩物，它是主食，但是，它扁而薄，淀粉质当然也相应少。你且瞧瞧，我们这儿的女性，身材都分外苗条呀！"

对于亚美尼亚人来说，无酵面包不单单是果腹的粮食而已，它还体现了一种代代相传的烘焙技艺，代表了一种源远流长的饮食文化；它既有历史的渊源、又有文化的烙印，因此，在 2014 年，被列入了联合国教科文组织的人类非物资文化遗产名录。有趣的是，这个决定，竟然引起了伊朗、阿塞拜疆、哈萨克斯坦和吉尔吉斯斯坦的抗议，因为他们声称这种无酵面包是属于一整个区域的，不是独独属于亚美尼亚的。

娜尼丝一边有滋有味地吃着无酵面包，一边客观地说道：

"其实，我认为，这样的争议和争执是全无必要的，好的技艺，不管在哪一个领域，都不该属于一个特定的国家，更不属于某个特定的区域，它是属于全人类的。"

诚然，分享，就是一种文明的精神；至于它到底源于何方，又有什么关系呢？

# 石榴情

抵达埃里温（Yerevan）那天早上，澄亮明净的天空浮着大朵棉花糖似的白云，我怀着甜甜的心情，到菜市去逛。

远远地，看到一整片红彤彤的色彩，喜气洋洋的。走近一瞧，哎哟，整个人立马堕入了童话的世界里。

啊，铺天盖地的，全是石榴、石榴、石榴!

多不胜数的石榴，展现了一整个季节的丰盈与饱满。友善的摊主，把硕大的石榴放在我掌心里，微笑地说:

"这些石榴，全都来自梅格里（Meghri）这个风景优美的世外桃源。这儿产的石榴，又大又甜，举世无双!"

看着掌心里这个美若艺术品的大石榴，我的血液，不由得骚动鼓噪起来。

曾经读过不少关于石榴的传说，印象最深的，是关于女娲氏的神话故事。相传她在炼石补天时，不慎将一块艳红的大宝石掉落到骊山。有一年，安石国的王子外出狩猎，在山林里看见一只行将冻死的金翅鸟，把它抱回皇宫，施以急救;之后，喂水喂食，照顾得无微不至。金翅鸟为了报答王子的救命之恩，迢迢千里地飞到骊山，将那块价值连

菜市里的石榴

城的红宝石衔到安石国的御花园。不久后,那儿便长出了一棵花红叶茂的奇树,结出的果子里,有着一颗颗璀璨生光的红宝石;而这,便是石榴树了。

这种寓藏着"善有善报"主题思想的神话,可说是启蒙时期道德教育的滥觞,能让人记上一辈子。自从我在神话里认识了石榴之后,对这种美丽的水果便心生憧憬。可是,石榴是价昂的水果,童年家境拮据,只能远观。

父亲洞悉我的"石榴情意结",一日,出其不意地买了几颗回家。石榴一剖开来,那一粒粒晶莹剔透的红宝石让我因惊艳而口拙。此后多年,我一直恍恍惚惚地觉得,石榴不是水果,它的存在,只是为了向我们证实,神话不是杜撰的。

如今，在亚美尼亚，看到堆积如山的"神话"在眼前现形，心里的快乐鼓鼓囊囊。

石榴是兼具外在美与内在美的水果，它含有大量的维生素B、维生素C、糖类、蛋白质、脂肪、钙、磷、钾等营养元素，能助以提高人体的免疫力，促进铁质的吸收。此外，石榴也能缓解孕吐、宿醉、感冒、腹泻等轻症；它亦含丰富雌激素，有助减缓更年期症状，是女性的恩物。

亚美尼亚得天独厚，以一方沃土培植出形体硕大而品质优良的石榴，自然想方设法在饮食的世界里让它大展拳脚了。

石榴果汁、石榴酒、石榴面包、石榴蛋糕、石榴冰淇淋、石榴布丁、石榴果酱，处处与我相见欢。此外，石榴酱和石榴汁也常常被用作海鲜、肉食和蔬菜沙拉的调味料；石榴籽则被镶嵌在糕点上，或者充作美丽的盘饰。

在亚美尼亚，石榴那充满喜感的娇艳色泽可说是无处不在的，难得的是，石榴虽然以艳色撄人眼目，在味道上，却绝不喧宾夺主；它的香气是谦虚内敛的，是自我克制的，是若即若离的。也许，老神在在<sup>①</sup>的石榴，使用的是"欲擒故纵"的伎俩，因此，饮料和食物，只要与它沾上了边，便能让人"荡气回肠"，一尝难忘。就以鲜榨石榴果汁来说吧，那种甜味，圆融而又圆润，像是一个个清脆的小音符，把恹恹欲睡的五脏六腑都唤醒了。一饮钟

① 闽南话，意为"很从容"。

情，接下来，日饮一杯，喝上了瘾。

在亚美尼亚旅行数周后，我发现，石榴不单单在饮食上俘虏人心而已，它就像榕树的根，神气活现而又根深蒂固地渗透入亚美尼亚的各个艺术层面里，享有非凡的荣誉和崇高的地位。

到游人如织的周末集市去，以石榴为原型制作的手工艺品多如恒河沙数——木雕石榴、陶塑石榴、金属石榴，即使连丝巾、披巾和衣裙，也以石榴作为设计的元素。嗜酒的亚美尼亚人，更以石榴来设计酒瓶，瓶子上那一颗颗立体的石榴籽，宛如艳红的贝齿，快乐地笑；想必染上了

以石榴为设计的手工艺品

石榴香气的酒，不饮也能醉人吧！

在亚美尼亚神话中，石榴象征丰盈、幸福、和谐和繁荣；因此，一般百姓把石榴当作避邪的吉祥物，许多人更把它当成是多子多孙和福气临门的象征。迄今为止，在亚美尼亚西部城市的婚礼上，新娘仍会遵守古老的风俗，将石榴扔向墙壁，让它化为碎片，原因是四散的石榴籽能够确保新娘在婚后怀上孩子；在婚礼结束时，新娘也会把小石榴送给未婚的客人以示祝福。一般人相信，已婚的妇女，如果常吃混合石榴籽烘焙而成的面包，能够如愿以偿地生下儿子。

石榴，一直是亚美尼亚艺术家的灵感源泉。

参观当地的画廊，以石榴作为素材的画作数不胜数。有人戏谑地指出，石榴已经被当地的画家用滥了。不过呢，由于石榴具有深邃丰富的内涵，不同的艺术家往往能对它做出不同的诠释，因此，以石榴为素材的画作依然生生不息，层出不穷。

亚美尼亚一部遐迩闻名的电影，就命名为《石榴的颜色》。这部电影，是由苏联导演帕拉杰诺夫执导的，完成于1969年，被公认为他最杰出的作品，他于1990年逝世，电影呢，则活成了不朽的经典。影片内容讲述的是18世纪亚美尼亚著名民族诗人萨雅·诺瓦（Sayat Nova）的生平逸事，萨雅·诺瓦年轻时曾受格鲁吉亚国王赏识而被召入宫，成为宫廷诗人，后来与公主相恋而被逐出宫廷。晚年笃信宗教，成为僧侣，避世于修道院。这不是一部平铺直叙的传记影片，全片很少对白，导演不落窠臼地运用了大量象征和隐喻手法，展现了诗人的内心世界。石榴的颜色在片中呈现了多重繁复的意象，浪漫与悲情交织，新生与死亡交叠。

最让人惊叹的是，在亚美尼亚于九世纪独创而今已成为"非物质文化遗产"的宗教石碑上、在教堂古老的壁画上、在年代久远的手写稿上，石榴都是不可或缺的装饰品。

亚美尼亚人表示：石榴多籽，每一颗艳红晶亮的籽，都紧紧密密地抱在一起，象征了民族和教徒万众一心的团结，内涵深刻，所以，集万千宠爱在一身。

亚美尼亚别具风格的建筑

亚美尼亚历史悠久的"观星岩洞"

**隔空对峙**

格鲁吉亚和亚美尼亚在地理位置上是毗邻而居的，然而，两国百姓却喜欢互相挖苦。

格鲁吉亚的驾车者很有礼让精神，行人即使不在斑马线上过马路，他们也会自动放缓车速。

称赞他们，他们自豪地说：

"格鲁吉亚是个优雅社会呀，即连市霸，都是温文尔雅的。不过呢，我们的好名声，有时也会莫名其妙地受到玷污。最近，有个游客，在斑马线上被撞倒了，大骂我们的司机驾车鲁莽，然而，她没有注意到，车牌是亚美尼亚的！"

一谈及酒，格鲁吉亚人便义愤填膺地说：

"我们酿酒的历史长达八千多年，亚美尼亚足足比我们晚了两千多年，可是，他们睁眼说瞎话，老是对外宣称他们是全世界第一个酿酒的国家！他们死要面子，什么都说是自己发明的，什么东西都说自家的是最好的；可是，我们要凭事实来说话呀！"

离开格鲁吉亚之后，我们来到了亚美尼亚。

到一家小餐馆用餐，热腾腾的饭菜端出来后，我取出葡萄酒，倒了一杯，请店东喝。他看了看酒瓶，立刻摇头说道："嘿，格鲁吉

亚美尼亚人以酿酒闻名

亚的酒，哪能喝呀！他们老说自己酿酒的历史长达八千年，却拿不出证据，徒然打肿面孔充胖子而已！"看到我们津津有味地啜饮，他满脸遗憾地说道："啧啧啧，这么好的菜肴，却以这样差的酒来配搭，可惜呀！"

在格鲁吉亚处处可见的坚果香肠，亚美尼亚也无处不有。摊贩向我招徕生意，我说："我在格鲁吉亚买了很多，还没吃完呢！"摊贩轻蔑地笑了起来："那是完全不同的东西呀！你看，这形状，多美！他们哪能做得出来？再说，我们的葡萄和核桃长得比他们好，吃起来孰优孰劣，立见分明。"我试了，坦白说，不论是形状或者是滋味，它们都像是孪生姐妹花。是偏见，蒙蔽了他们的视觉，欺骗了他们的味觉。

亚美尼亚人和格鲁吉亚人一样，对烧烤食物情有独钟，可是，亚美尼亚人却认为他们的烧烤世界第一，无人能及，他们信心满满地说：

"嘿，我们呀，就算把空气拿去烤，也能烤出好滋味。格鲁吉亚人呢，就算给他们全世界最好的食材，也会白白被糟蹋掉！"

最有趣的是文字。

在五世纪时，亚美尼亚的语言学家马斯托特（Mesrop Mashtots）先后为亚美尼亚和格鲁吉亚创造了沿用至今的字母表。

亚美尼亚人却据此而杜撰了一个故事来嘲笑格鲁吉亚，不止一次，我在不同的场合听到亚美尼亚人绘声绘影地说道：

马斯托特的塑像（坐者）

"公元 405 年，马斯托特为我们创造了字母后，格鲁吉亚人觉得这个字母表增强了我们的民族凝聚力，便要求马斯托特也给他们设计一个新的字母表。马斯托特需要时间恢复他所消耗的元气，可格鲁吉亚人却隔三岔五地前来催促。有一天，马斯托特正在吃意大利面时，格鲁吉亚又派人来了，这可惹恼了马斯托特，他生气地将盘子里的面条朝墙壁泼过去，沾着汁液的意大利面粘在墙上，一条条弯弯曲曲、松松垮垮的，没想到马斯托特居然从中得到了灵感，没多久，便把字母表创造出来了。你看，格鲁吉亚人现在使用的字母，正像是一条条弯弯曲曲、松松垮垮的意大利面呀！"

我笑得打跌，从此，一看到格鲁吉亚的文字，便饥肠辘辘。

格鲁吉亚和亚美尼亚这两个国家，以黑色的幽默针锋相对，挖苦、讽刺、调侃，旗鼓相当。

我想，这总比剑拔弩张、枕戈待旦来得好吧！

## 石碑里的伤痛

明明是坚不可摧的石头，却不可思议地像画布般柔软。石碑上，雕满了繁复华美的图案。每一个以十字架为主的石碑，都有着截然不同的设计，用以点缀图案的，包括圣人、天使、鸟兽、花卉、树叶、石榴和葡萄等。雕工之精细，令人叹为观止；设计之独特，叫人啧啧称奇。

在亚美尼亚的教堂、墓园、纪念广场上，都可以看到这些沾着岁月沧桑的石碑。

上述石碑，是亚美尼亚于九世纪独创的，当地语言称为"khachkars"①。早期的石碑，除了充当墓碑之外，举凡军事胜利、教堂落成，都会竖立石碑以资纪念。这些面貌斑斓的石碑，充分地体现了中世纪亚美尼亚基督教独树一帜的艺术特征，展示了亚美尼亚光辉灿烂的文化面貌。12 世纪至 14 世纪之间，石碑雕刻艺术发展至巅峰状态。14 世纪末，元兵入侵，石雕艺术衰落，但到了 16 世纪和 17 世纪，重又复兴，但盛况已不再。2010 年，亚美尼亚的传统石雕艺术被列为联合国教科文组织非物质文化遗产。

十字架石碑承载着亚美尼亚人的民族情

---

① 意即"十字架石头"。

结和传统，是亚美尼亚人珍贵已极的文化遗产。然而，在这些独树一帜的石碑里，却隐藏着一个迄今仍让人深感伤痛的历史事件；这宗事件，也加剧了亚美尼亚和阿塞拜疆之间"非一日之寒"的仇恨。每回提及，亚美尼亚人都咬牙切齿。

多年以来，亚美尼亚和阿塞拜疆为了疆土之争而战火频仍，停火协定虽然签署了，问题却悬而未决，两国仇恨之火仍然连绵不绝。

石碑里有大伤痛

朱尔法（Julfa）墓园，是世界上最大的中世纪亚美尼亚公墓，位于阿塞拜疆纳希切万区（Nakhchivan）内。这个地方，一直是两国领土争端的焦点。

法国传教士亚历山大（Alexander de Rhodes）在 1648 年的访问期间，在这个公墓里看到了 10000 多座属于亚美尼亚人的墓碑。到了 1998 年，因为建设铁路和其他的原因而逐步减少至 2700 个。当时，这 2000 多个墓碑，是完好无损的。

亚美尼亚人义愤填膺地告诉我，自 1998 年开始，阿塞拜疆政府便开始大肆地对这些富于历史意义的墓碑大肆破坏与摧毁了。这些墓碑，是亚美尼亚人精神至高无上的瑰宝啊！五内俱焚的亚美尼亚人和国际组织一起提出抗议，并要求阿塞拜疆停止这项令人震惊的破坏行为，风波暂时停息。

2003 年，精神还处于波动状态的亚美尼亚人，申诉阿塞拜疆政府又重新有组织地开始销毁这些墓碑了。2005 年，住在伊朗边界的亚美尼亚人，隔着一道河流所拍摄的视频和照片显示，身穿制服的阿塞拜疆士兵，毫不留情地将残留的墓碑铲除得一干二净了。

针对亚美尼亚和国际组织的指控，阿塞拜疆政府没有直接做出回应，而是轻描淡写地表示"破坏行为不符合阿塞拜疆的精神"。阿塞拜疆人则说："一切的指控都是谎言和挑衅。"甚至有国家官员言之凿凿地说："自古以来，这个地方就是属于阿塞拜疆的，从来没有亚美尼亚人在此居留过，又哪来的亚美尼亚公墓呢？"

迄今为止，阿塞拜疆仍然拒绝让任何调查人员到该地点进行实地调查。

精神饱受凌迟的亚美尼亚人，沉痛万分地把这称为

"文化大屠杀"。

一名亚美尼亚人怒火中烧地对我说道：

"墓地被夷为平地，是对我们祖先的一种侮辱；墓碑彻底被铲除销毁，是对古老文物的亵渎，文化遗址被改为其他用途，是对我们的蔑视！这是我们世世代代无可化解的恨与痛啊！"

把这视为"精神灭族行动"的亚美尼亚人，现在，在许多地方都竖立着古老的石碑，旁边书写着："老朱尔法石碑"（Old Julfa Stone），借以纪念这次痛彻心扉的历史事件。

# 手写本的故事

我目不转睛地盯着展示于眼前的这部羊皮书，心里像是有十面鼓"咚咚咚、咚咚咚"地响着、响着。

盼望了那么久，终于，如愿以偿地看到了它。

它惊人的大，27 寸长、22 寸宽、厚达603 页、重达 27.5 公斤。

这本全世界最厚、最大、最重的古代手写本 *Homilies of Mush*，藏着一个在亚美尼亚家喻户晓的故事，一个冒着生命危险保护国家文化遗产的故事。

在 1915 年的腥风血雨中，两名亚美尼亚妇女在一所教堂的废墟里，找到极其珍贵的 *Homilies of Mush*，这是完成于 1200 至 1202 年有关宗教的手写本。尽管这两名妇女不知道自己下一刻的命运，可是，她们一心认定这部具有文化、宗教与文学价值的手写本，是必须冒着生命的危险保存下来的。然而，它是那么的厚、那么的重，怎么把它带走呢？她们再三讨论，终于做出了一个睿智的决定。她们将手写本分为两部分，各自带走一半。在月黑风高的时分，一人往西走，一人往东去。往西边走的，把半部手抄本藏在一个小城的修道院里；往东边去的，来到了一个名为埃尔祖鲁姆（Erzurum）的城市，把它用布密密地包着，埋在一所修道院的地底下。几年之后，两地分隔的这部手写书，经他人发现、转卖，历尽波折，才辗转地在亚美尼亚"团聚"了。关于它被发现的经过，众说纷纭，但是，那已无关宏旨了，最重要的是，它们目前已经重新合为一体，在亚美尼亚的古代手写本博物馆（Matenadaran）相依相偎了。

那两个妇女，姓甚名谁，没有人知道，然而，她们却凭着爱国的热忱和对文化遗产的尊重，拼死抢救了一件属于全人类的瑰宝。

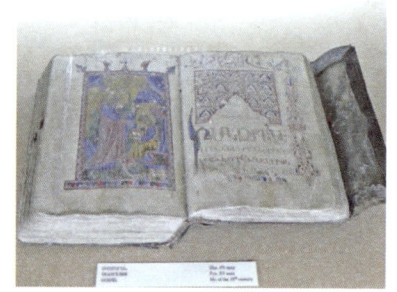

珍贵的手写本

1957 年，气派恢宏的古代手写本博物馆落成于亚美尼亚首都埃里温（Yerevan），馆内收藏了亚美尼亚从公元 5 世纪创立文字后保存至今的历代文献，总共有将近 18000 份亚美尼亚手写本和 2000 多份包括阿拉伯文、波斯文、希伯来文、希腊文、中文、俄文等手写文献，内容包罗万象，包括神学、哲学、历史、地理、医学、法律、哲学、文学、语法、艺术史、宇宙学等，是世界上拥有最丰富中世纪手稿和文献的机构。1997 年，它被列入联合国教科文组织的"世界记忆计划"内，借以表彰它对世界文化的贡献。

　　在 15 世纪印刷术发明之前，资料都是靠珍贵的手写本记录并流传的。

　　亚美尼亚在 10 世纪到 15 世纪，曾有成千上万的手写本被摧毁。在 19 世纪罗曼诺夫王朝统治期间，亚美尼亚文化工作者从各处采购并搜集了好几千份手写本；第一次世界大战爆发后，所有的手写本都被送到莫斯科妥为保存。1922 年，上述手写本由莫斯科送返亚美尼亚，并被纳入国家的财产。

　　如今，博物馆除了展示虽连城拱璧不啻的手写本之外，也负责采购散落他处的手稿，修复和复制手稿，并为所有的手稿编制完善的目录。根据非正式的统计，亚美尼亚目前还有 30000 多份手写本流落在外。

　　要让这些手写本回返亚美尼亚，既是艰辛的任务，也是艰巨的挑战。

"1923年，年仅54岁的图曼扬（Hovhannes Tumanyan）病逝于莫斯科。他的儿子要求医生让他把图曼扬的心脏带回去，永久地保存——因为那是一颗伟大的善良的心，他爱家、爱国、爱民族、爱全人类。医生答应了他的要求，他千里迢迢地把图曼扬的心脏带返第比利斯（Tbilisi）。17年后，这颗宝贵的心脏，被送到亚美尼亚首都埃里温大学医学院博物馆保存。1994年，有关当局在图曼扬诞生的乡村德塞格（Dsegh）建了一所教堂，把图曼扬的心脏慎重地埋葬在教堂底下。对于亚美尼亚人来说，这颗心，不管是跳动于胸腔之内或是长埋于地下，都永远是温热的、活的。"

此刻，站在埃里温的图曼扬博物馆内，听讲解员娓娓畅述有关图曼扬的这桩陈年旧事，心里涌满了感动。让自己的心贴近故乡芬芳的泥土，应该就是图曼扬最大的心愿吧？①

图曼扬是亚美尼亚赫赫有名的诗人、作家、翻译家、文学活动家。作品被翻译成45种不同的文字、改编成舞台剧、谱成歌曲、成为画家入画的素材，牵动着亿万读者的心。

---

① 图曼扬的尸体葬在第比利斯"亚美尼亚名人坟场"内。

大文豪图曼扬的塑像

1869 年，在亚美尼亚北部一个风光明媚的小村庄德塞格（位于洛瑞区），有个男婴嘹亮的哭声划破了山林的寂静，飞绕于层层叠叠的山峦间，在清澈的溪水上激起了一道一道的涟漪。这一天，是 2 月 19 日，一切看起来都和平常的日子没有两样，但是，随着图曼扬的呱呱坠地，一切的一切，却都将不同了。在逐渐成长的过程中，图曼扬以数之不尽的作品，蔚成了亚美尼亚一道绚烂的色彩。

童年的图曼扬，非常幸福。爱，是家庭中温馨的底色。他成长后忆述："我的父亲是牧师，他诚实、慷慨、机智、开朗、善于与人沟通。他给予我的启蒙、熏陶和影响，是我精神世界的无价资产。"

母亲呢，是个快乐的妇人，特别爱读寓言，也特别爱讲故事。洛瑞这个地区，民间传说丰富得不得了，图曼扬的童年，是由无数的寓言和童话砌成的。这对于他日后的写作生涯，起了举足轻重的影响。

他在洛瑞区进了最好的学校，像海绵一样拼命吸收浩如烟海的知识。然而，命运在图曼扬 16 岁那年，向他露出了狰狞的面目。他父亲猝然病逝，留下茫然失措的妻子和 8 个稚龄的孩子。身为长子的图曼扬，不得不辍学，回返德塞格村庄，成为家人的顶梁柱。

19 岁时，图曼扬走入婚姻的殿堂，接二连三生下了10 个孩子。为了养家糊口，他从事一些无法让他发挥才华的工作，枯燥已极的氛围让他几乎窒息了，他把这段日

图曼扬博物馆一隅

子称为"地狱生涯"。

后来，图曼扬搬到了第比利斯，这儿是 19 世纪和 20 世纪初俄罗斯联邦的文化与政治重镇。他尽情翱翔于文字的世界里，阅读、创作、翻译，充实的人生自此开展。

由于受教育程度不高，图曼扬通过狂热的阅读来进行自我教育。他在贫寒的岁月里，曾在教堂担任小书记，领了第一个月的微薄的薪金后，立刻买了一个书橱。这个书橱，现在就展示于博物馆里。我注意到书橱的玻璃门密密地贴满了五颜六色的纸，根本看不到里面放了什么书。博物馆的讲解员笑道："他就是不要让人知道这是个书橱啊！"她指着他书房里张贴着的一个告示，嘱我看，上面清清楚楚地写着："请不要向我借书，也不要在此抽烟。"原来嗜书如命的图曼扬，省吃俭用，陆陆续续地买了10000多册书籍，分别放在13个书橱里，许多人来向他借书，他来者不拒，可是，后来发现，他们个个居然都是借荆州的刘备，一借不回头，2000多部书就此流失在外。他痛定思痛，遂下了借书的禁令。

图曼扬在10岁时写出了平生的第一首诗，自此创作不辍。他写寓言、史诗、绝句、民谣、小说、文艺批评，灿烂才华呈辐射状向四面发射。他多样化的创作题材和体裁使他拥有各种年龄层的读者，亚美尼亚人因此把他誉为"全民作家"。

亚美尼亚的孩童，对于图曼扬那首朗朗上口的童诗《猫和狗》，全都能倒背如流，他在诗中解释了猫和狗是如何成为永世宿敌的。

话说有只肥胖的猫先生，专以缝制帽子和手套为生。冬天的跫音近了，狗先生拿着一块轻软的小羊皮，去找猫先生，要求猫先生为它缝制一顶御寒的帽子，猫先生一口答应了，嘱狗先生周六来取，它还承诺，为了友谊，会加速赶工。天气越来越冷了，狗先生于周六依约上门取货，然而，猫先生却不在工作室内。几乎冻僵了的狗先生坐在门口苦苦地等，老半天后，猫先生才大摇大摆地从街上回来了，戴着一顶全新的小羊毛帽子，无关痛痒地问道："你是来取你的帽子吧？像这样的细活，是急不得的呀！"狗先生无奈地和猫先生再度约好下周三来取。等可怜的狗先生再上门时，还是取不到帽子。耐性已被磨光了的狗先生，忍不住咆哮起来，双方以各种粗暴的语言叫嚣、对骂，继而大打出手。最后，闹上了法庭。法庭判决后，狡猾的猫先生带着它所有的皮毛逃得无影无踪。

图曼扬用语活泼，描绘生动，故事里不动声色地蕴藏了让孩子终生受惠的价值观。他的童诗、童话和寓言，犹如一把把钥匙，为孩子们开启了兴趣的大门。亚美尼亚的许多父母因此都以图曼扬的作品把孩子引入书籍的美妙天地里，从而培养起良好的阅读习惯。

图曼扬善于从现实生活中汲取素材，读者往往能从他的作品里嗅到浓厚的时代的气息。他对于生活于社会底层的人特别有感情，也更具同情心。他的作品常常以淳朴的村民作为主角，比方说，被誉为图曼语巅峰之作的《阿努什》(Anush)，就是以牧童为主角的。内容讲述的是一个年轻的牧童 Saro 和一个女孩 Anush 的悲剧爱情。这首诗通过细腻的内心活动，淋漓尽致地表达了他们对爱无私的奉献。从这首长诗中，读者可以窥见当地的传统文化、寻常的百姓生活，还有，村民在面对困难时展示出来的那种坚不可摧的力量。有人说，他的作品就是"亚美尼亚"的化身，这话可一点儿也没错，因为他的作品清晰地描绘了亚美尼亚人过去的历史、生活的实况、未来的梦想。在图曼扬之前，没有人能够以诗歌这样的体裁来呈现如许纷繁的事物和多样化的人物形象。直到今天，他的作品，仍深

大文豪图曼扬的塑像

深地牵动着老少读者的心。

图曼扬在他成长与生活的年代，目睹了高加索地区局势的动荡，经历了第一次世界大战的动乱和高度不安定的内战。百姓的痛苦，在他的心上戳出了一个个窟窿，汹涌澎湃的情感从窟窿中奔涌而出，化成了不朽的篇章。

他认为文学的最高使命是促进各国之间的友好关系，他最关心的是南高加索三国（亚美尼亚、格鲁吉亚和阿塞拜疆）的关系。在第一次世界大战期间，他两次前往前线，协助处理成千上万难民和孤儿搬迁的问题。他还通过捐款和筹款，设立了几所医院，照顾伤者和孤儿。

对于亚美尼亚人来说，他既是文学之父，也是正义与爱的化身。

[其 二]

# 中亚地区

# 乌兹别克斯坦

## 腰缠万贯

在乌兹别克斯坦（Ubzekistan），真正地尝到了"腰缠万贯"的感觉。

抵达首都塔什干（Tashkent）那天，乘搭计程车前往旅馆途中，司机开门见山地问道：

"你们要换索姆（Som）吗？官方的兑换率是 1 美元换 3800 索姆，我可以给你们 4500 索姆。"

我们爽快地说："好，就换 300 美元吧！"

他打开搁在座位上那个黑色的塑料袋，里面满满的全都是一捆捆面额 5000 索姆的钞票。他随手抓起一捆，右手拿着，再以左手的拇指和食指飞快翻数，数完一捆又一捆。不旋踵，便数出了 135 万索姆，鼓鼓囊囊地放在袋子里，递给我们。

啊哈，我们在顷刻之间便成了百万富翁。

换来的货币用完而想要再兑换时，旅馆经理为我们指点迷津：

"银行兑换率太低了，别去。离这儿不远，有个大集市，许多小店铺都可以进行货币兑换；而在大集市外面那些拿着黑色塑胶袋兜兜转转的人，也全都是黑市兑换商。"

"安全吗？"我问。过去，在东欧诸国黑市兑换货币，曾上当过好几次，换到手的，除了上面几张是货真价实的钞票之外，余者全是白纸。

"非常安全！"经理点头："按照现在的行情，1美元可以兑换7500索姆。"

哇哇哇，7500索姆！足足比官方的兑换率高出了一倍！机场那个貌似忠厚的计程车司机，居然以极低的黑市兑换率骗了我们。然而，姜太公钓鱼，愿者上钩，怨不得人啊！

那天，我拿了500美元去大集市兑换，除了5000面额的索姆外，店东也给了我许多1000面额的。钱，是那么那么多，拼命塞也没有办法塞进皮包里。把300多万索姆放在大大的塑料袋里，沉甸甸地提在手上，哎哟，真是"富可敌国"啊！有人如此骂人："别以为你富有便可以拿钱来砸死人！"在乌兹别克斯坦，就算是收入低下的老百姓，却也可以神气地用大把的钞票来"砸死人"哩！

不讳言，在黑市进行货币兑换的确是非常安全的，换到伪钞的概率极低。不过，兑换率高低不一，一般介于7200至7600索姆之间。最高的一次，1美元居然换取了8100索姆，让我笑得合不拢嘴！

索姆共分三种面额，在市面上广为流通的，是1000和5000这两种。10000索姆极为罕见，在此旅行期间，始终缘悭一面。

按照黑市兑换率，1000索姆折合新币，才区区两角钱。钞票面额大，价值小，因此，在当地往往可以看到一个极为有趣的现象，一般人在选购货品时，手上都拿着一大摞钞票。成交后，便利索地翻数钞票，电光石火之间，便搞定了；店东在接过买客那厚厚一大摞钞票后，也不重算，便随手丢进钱柜里。

对于数学蹩脚的我来说，在乌兹别克斯坦购物，真可说是一种精神折磨啊！东西动辄上万索姆，稍贵者几十万，我拿着那一大沓厚得像砖块的钞票，十根指头掰来掰去也不够用。看我笨手拙脚的，对方便毛遂自荐："来，让我帮你算吧！"钞票一交到他手上，经验老到的他，手指一阵乱晃，便完成任务了，真可说是训练有素啊！后来，不管买什么，一议妥价格，我便把手中那一大捆钱交给对方："你自己算吧！"他们非常诚实，连1000索姆也不会多取。

在乌兹别克斯坦旅行期间，虽然当上了百万富翁，但是，坦白地说，感觉并不是很惬意的。

人人都是腰缠万贯的大富翁

## 抓饭

那天早上，爽朗而又丰满的阳光哗啦啦地洒满一地，走在塔什干流动着色彩和声音的街道上，原本隐匿的食欲突然变得蠢蠢欲动。

啊，香味流溢呢！

有个中年男子守在一口黑黑的铁锅旁，鹄候。铁锅里，满满地堆着金黄色的米饭，气韵生动地闪着油亮的光泽。米饭上面，是一块块厚实鲜美的牛肉。掺杂在米饭里的胡萝卜，自炫自得地发出红宝石般的艳光，一派富泰气象。

啊，这就是乌兹别克斯坦遐迩闻名的国民食品——抓饭（Plov）了！

这可以说是一道让举国疯狂的美食，它根深蒂固地镶嵌在当地人的日常生活里，街边小贩售卖它、大小食肆和餐馆供应它，而当地人在家里每周至少两三次烹煮它。它无处不在、无时不有。人人吃它、人人爱它。有人说，抓饭在乌兹别克斯坦不是单单一道美食而已，它具有高度的凝聚力，是全国上下一道团结力量；在朋友聚会里、婚宴中、喜庆会上，抓饭是永远的主角。

更绝的是，当地人还不时就抓饭的烹煮方式交换食谱。我笑道："抓饭，不就是饭和

抓　饭

肉混在一起煮吗？哪来如此多不同的食谱！"他们一听，便用看井底蛙的目光瞅我，哼哼冷笑："在乌兹别克斯坦，抓饭少说也有 200 种不同的做法和滋味！"他们继而解释，用不同产地的米、不同种类的油（菜油或羊油）、不同的肉类（牛肉、羊肉、马肉），都会形成完全不同的风味。有时，就算用上一模一样的食材，由于烹调手法不同、烹饪时间不一，也会煮出截然不同的滋味儿。至于荤者和素者相较，味道更是天差地别了。一名年过半百的男士告诉我，他家的食谱是祖传的，过去，住在乡下，外祖母的抓饭便好像强力胶一样，把一家大小的心紧紧地粘在一起。搬到城里后，母亲手把手地教他的妻子，但是，将近 30 年了，他的妻子还是没有办法煮出那种让他魂牵梦萦的好滋味。他惆怅地说："可能乡下和城里水质不一样的缘故吧！"

由于烹煮抓饭须要以手不断地在大锅里翻炒，十分疲累，因此，乌兹别克斯坦的男子，许多都是烹煮抓饭的好手。他们雄赳赳气昂昂地说："做馕，是女人的活儿；抓饭嘛，就得看我的！"

嗜食肉类的乌兹别克斯坦人，一日无肉不欢。在零下十几摄氏度的酷寒冬天，烹煮抓饭时，他们喜欢用燥热的羊肉和滋补的马肉；然而，在其他的季节里，他们偏爱牛肉。这儿牧草丰美，自然放养的牲畜，肉味极其鲜美。

一般来说，饕餮们想要品尝上高水准的抓饭，一定会到塔什干最具代表性的"中亚抓饭中心"（Central Asia Plov Centre）去。这家餐馆，独独只卖抓饭，客似云来，座无虚设。餐馆外面，放置了好几口直径一米多的大黑锅，一群人像嗡嗡飞绕的蜜蜂，忙得不可开交。站在黑锅前的男子，用长长的铲子不断地翻炒以洋葱爆香了的牛肉和浸过水的米，边炒边加入葡萄干、胡萝卜、香料；然后，加盖焖煮。煮好后，将大块的牛肉切片，铺在黄澄澄的米饭上面，再加上一粒浑圆的鸡蛋、一枚玲珑的鹌鹑蛋，几片丰腴的马肠，五彩缤纷，无比丰盛。

我迫不及待地大快朵颐，哇，那饭，香可蚀骨；那肉，松软鲜嫩。把这一大盘灿丽斑斓的抓饭吃下肚去，整个人突然变得不忮不求，安恬知足……哎，快乐，原来是伸手可及的啊！

乌兹别克斯坦曾受苏联管辖长达 70 余年，于 1991 年独立。

尽管已经独立了 20 余年，可是，我却发现了一个有趣的现象，中年以上的人在聊天时，老爱比较独立前后的生活状况。

我们雇了一辆车子到米坦沙漠（Mitan Desert）去，车程 5 个小时，通谙英语的司机埃尔赫一路上滔滔不绝，谈的都是今昔的比较。

埃尔赫现年 52 岁，国家独立时，他年方 26，是电气工程师。

忆述昔日受苏联管辖的日子，他以一个"严"字来概括一切。

最让人们沮丧的是，粮食匮乏而又控制极严，一个月至多只能有一两次机会尝及肉味。

埃尔赫叹着气说道：

"我们乌兹别克斯坦人一向嗜食肉类，这样一种要啥没啥的生活，着实让我们抓狂呀！"

现在呢，走在大街小巷，大串大串的烤肉处处飘香、抓饭上面堆满了大块大块的牛肉、饺子里鼓鼓囊囊的全都是肉，乌兹别克斯坦人真的是无肉不欢呀！

在苏联管辖期间，唯一不受控制的，是人口。当时，每家每户至少有五六个孩子。

埃尔赫苦笑着说道：

"除了工作，还是工作，没有任何可供松懈身心的娱乐，生活内容一片苍白，大家对未来都没有什么盼头。此外，电力供应不足，常常停电，夜晚一来，全城便陷入伸手不见五指的黑暗中，于是，生育率便年年向上飙升了。"

让年长一辈感恩戴德的是：政府长期免费供应牛奶给孩童，确保孩童们营养充足，健康成长。

"我的奶奶、我的母亲时常说，老人和成人勒紧肚皮过日子是不打紧的，但是，孩子绝对不能饿着。"埃尔赫说，"这个温情政策，的确给当时的执政者加分不少。"

今日的乌兹别克斯坦要啥有啥

另一个让他们深为缅怀的是砸不破的铁饭碗，虽然没有大鱼大肉的享受，但是，青菜豆腐的温饱人人有。当时，苏联政府为了将乌兹别克斯坦改造成棉花天堂，在境内开辟了大大小小的运河，利用运河的水来灌溉大路两旁的棉花田。棉花的种植与加工业，给乌兹别克斯坦制造了大量的就业机会。

　　苏联解体后，生活发生了天翻地覆的变化。

　　首当其冲的是，人员大量撤走，导致许多工厂倒闭，铁饭碗的神话宣告破灭。捆在人们身上一道道无形的绳索解开了，然而，饶具讽刺的是，有了自由，通晓俄语的乌兹别克斯坦人最想去的地方竟然是俄罗斯，因为俄罗斯工资高出许多。迄今为止，到俄罗斯工作，依然是方兴未艾

乌兹别克斯坦人过上了衣食无忧的日子

的一股潮流。

随着国家的日益开放，旅游业也随之而兴起。埃尔赫在 9 年前改行当司机，买了一部车子，专门用以载送游客，收入增多，生活条件也大大地改善了。

回顾半生岁月，埃尔赫认为他最感惬意的便是目前"想要做啥便能做啥"的自由，还有，"想要吃肉便有肉吃"的幸福。

最让乌兹别克斯坦人引以为傲的是，路不拾遗的淳朴民风和夜不闭户的良好治安，迄今依然得以持续。它让百姓住得舒心、游客玩得安心。

# 医生的故事

四月份的乌兹别克斯坦，早晚温差极大。白天气温高达 23 摄氏度，晚上却降至 10 摄氏度左右。艳阳高照的炎热和砭人肌肤的酷寒交替更易，忽热忽冷，我开始感觉不适了。

起初，鼻子细水长流，接着，狂咳不已。服了随身携带的药物，却未见效。

来到了古城撒马尔罕（Samarkand），站着蹲着、坐着躺着，都在咳，咳咳咳，咳得上气不接下气，连说话的气力都没有。夜里，辗转难眠，肺部好似长满了野草，野草上沾满了蠕蠕而动的细菌，奇痒难当，我咳得金星乱冒，辛苦得宛如面对了世界末日。到了凌晨三点，实在熬不下去了，爬起身来，找旅舍主人穆兹达，请他帮我电召一部计程车，载我到医院挂诊。善心而又热心的穆兹达一听，便说："深更半夜，黑咕隆咚的，别去了。我拨电请医生到旅舍来给你诊治吧！"

等了约莫半小时，一名中年医生手提一个大大的药箱，偕同一个男护士上门来了。我们通过谷歌翻译进行对话，医生搞清楚情况之后，手脚麻利地取出一大块棉布，蘸上药水，以手抠喉，借以清除堵塞于我喉部的浓痰；接着，为我打了一针；休息了 10 分钟左右，又

撒马尔罕

再注射一针。最后，开了一张药单，列出四种药，嘱我次日到药房去买。

我问穆兹达该付多少出诊费，出乎意料，他竟表示医生出诊是免费的，病人可斟酌情况付点小费，就算不想付，也没关系，一切随意。我依照惯例，付了小费5万索姆（折合新币10元）。当地如此周到的医疗服务，着实让人赞叹不已。

次日，病恹恹的我，留在旅舍休息。用过午餐后，坐在大厅里和穆兹达攀谈，谈及这儿的医药福利，他透露，不论是当地居民或是外来游客，到政府医院求诊，或是住院动手术，一律免费；不过呢，私人医院的收费则是相当昂贵的。

乌兹别克斯坦古城一瞥

在乌兹别克斯坦就读医学系，课程长达 8 年（6 年理论，2 年临床实习）。苦尽甘来之后，医生的薪俸与其他行业相比，高出了一大截。一般大学毕业生，月薪大约是一两百美元左右，可医生的月薪却高达六七百美元！

为了避免人才外流，自 2010 年开始，乌兹别克斯坦的医生倘若出国，不论是参加国际会议或是私人旅游，都必须经过叠床架屋的申请，将有关论文或旅游行程提交审查。回国之后，还得详细汇报在国外的一切活动，限制极严。

让乌兹别克斯坦医护人员（包括医生和护士）毕生难忘的，是 2012 年那一项匪夷所思的"强迫劳役"。事缘乌兹别克斯坦雇用了大量童工采摘棉花，一些国际服装企业为了抗议童工劳作，便抵制该国的棉花。政府碍于国际压力，不得不让童工回返学校上课。在棉花成熟期间，为了弥补劳动力的不足，有关当局竟然下令医护人员到农村去采摘棉花，劳作期长达 10 多天。不谙农务的医护人员叫苦连天，而病人们也因为求诊无门而叫苦不迭。这个措施造成的负面影响实在太大了，因此，只实施了一年，便无疾而终。

坦白说吧，乍听上述传闻，我是半信半疑的，可后来经过多方查证，才发现所传不虚。对于乌兹别克斯坦所有的医护人员来说，这个"不务正业"的经历，肯定是他们职业生涯里一个不忍回顾的噩梦！

# 古城希瓦

我是不是堕进了梦境里？

一迈入古城希瓦（Khiva），我整个人都变得迷离恍惚，好似不小心被卷入了中古时代的一幅画内。巍峨恢宏的清真寺和庄严大气的经学院，如棋子般错落有致地散布各处。古里古气的城墙内，每一幢楼房的砖和瓦、门和窗，都镶嵌着至少百年以上的沧桑，然而，它们并没有岁月的皱纹、更没有苍老的苦相，它们展现出来的，是一种磅礴的底气、是一种浩瀚的气派，敦厚、细致、瑰丽、优雅，气象万千；难怪中亚古谚有此一说："我愿出一袋黄金，但求看一眼希瓦。"

位于乌兹别克斯坦的希瓦古城，被誉为"露天博物馆"，拥有 2000 多年历史，多次毁于天灾人祸，也多次历尽艰辛地重建。目前古城的建筑，多完成于 14 世纪至 19 世纪，是中亚细亚唯一保存完整的中古城堡。它完美独特的古建筑群，像明珠般绽放万丈光芒，于 1990 年被列入世界文化遗产。

希瓦古城不是一座仅供游人瞻仰的古城，不是的。它既是古老历史的一部分，同时又是一座表情丰富的、充满了喜怒哀乐的、生龙活虎的城市。2000 多个居民，沿袭着历代

缤纷多彩的手工艺品，成了旅游的魅力

祖先的生活轨迹，以制作传统手工艺品为生。售卖地毯、皮革、丝绸、织锦、木雕、陶瓷器等的店子和摊子，鳞次栉比，堪称传统手工艺品的大海洋。

我们住在希瓦古城的一家民宿里，民宿主人过去是从事木雕的，有一间小小的店铺。国家开放而旅游业兴起之后，他便将古雅的祖居改成民宿，出租给游客，生活品质也因此大大地改善了。让我印象深刻的，是他那年仅15岁的儿子乌斯库努，矮、胖，像一粒圆圆的豌豆，但动作却出奇敏捷。他疾行如风，我还在攀爬梯级，他却已将行李提到二楼的房间安顿好了。不旋踵，又送来了咖啡，散发着袅袅的香气，立马将我舟车劳顿的疲惫驱散了。最

古城希瓦

绝的是，他还曾驾了他老爸的车子载我出城办事，我说："你没执照耶！"他信心满满地说："不碍事，我驾驶技术高超，从未被逮着！"

傍晚，闲闲地在古城逛来逛去，好似由一幅画转进了另一幅画，幅幅俱精彩。逛着逛着，附近一家餐馆突然飞出了一串极富感染力的音符。

一群舞娘，身穿金光闪烁的服装，正在餐馆附设的舞台上，袅袅娜娜地舞出千姿百态。从乐器里释放出来的音符，或像巨浪翻腾，或像溪水呢喃；或如隆隆雷声，或如轻柔微风；或似群鸟喁啾，或似黄莺独鸣。舞娘们随着节奏，舞出了鱼的潇洒、鸟的无羁；舞出了虎的泼辣、蛇的妖娆；舞出了花的妩媚，也舞出了树的勃勃生机。位于古丝绸之路的乌兹别克斯坦，曾是东西方文化相互激荡的交会点，这样的特色，就充分地体现在舞娘们内容繁复的舞步里；这些舞步，既是温柔的，也是奔放的；既是传统的，也是现代的。当她们的手和脚在刚柔相济地说着话时，她们的眸子也以秋波频频传话。

我心驰神迷、击节叹赏。

她们舞毕，我们用餐。点了南瓜汤、抓饭、牛肉饺子。

茶足饭饱，回返旅舍时，被黑魆魆的夜色模糊了记忆，我们迷失于宛若蜘蛛网般四处伸展的大路小径里。我不着急，披着柔软如丝绸的月色，在古街古巷里彳亍，一颗心，好似畅饮了千年佳酿，醉得十分浪漫……

到巴吕丁老人家里去做客的美好经历，是记忆里一颗美丽的樱桃，甜而亮。

巴吕丁老人住在乌兹别克斯坦的米坦村庄（Mitan Village）里，这个村庄，距离历史名城撒马尔罕不远。

年过七旬的巴吕丁老人蓄了一把白白的大胡子，像山上的飞雪。他腰板挺直，双颊饱满。红润的脸色透着丰衣足食的舒适，清澈的眼神透着见多识广的睿智。

一入门，他便给了日胜一个热情万分的拥抱，镶嵌在皱纹里那丰沛的笑意，像决堤的洪水，哗啦哗啦地流泻一脸，他以俄语亲切地说道："欢迎，欢迎呀！"

巴吕丁老人和萨丽娜鹣鲽情深

位于古丝绸之路的撒马尔罕，是乌兹别克斯坦的旧都，历年来川流不息的商贩和旅客早已在这儿留下了多元文化的烙印，而常年与来自世界各国的人打交道，也使当地人养成了热诚好客的特性。

这种特性，在米坦村庄尤其显著；住在这里的农户，鸡犬之声相闻，邻里之间往来频密。巴吕丁老人告诉我，自幼，他的父亲便对他一再强调，所有的外来访客，都尊贵一如自家长辈，必须以礼相待。他家门户常日敞开，凡有游客到访村庄，巴吕丁老人一视同仁，热络地招待，许多游客闻风而来，大家都玩得很尽兴。

巴吕丁老人的儿子工作于旅行社，他灵机一动，决定将这发展为一个吸引游客的观光项目。在他不懈的努力下，乌兹别克斯坦观光局自 2008 年开始，正式将米坦村庄向世界各国游客开放，凡对农村生活有兴趣者，都可来此和农户共度一天。

我和日胜便是在这种情况下，来到巴吕丁老人的家。陪同我们的，是通谙俄语和英语的年轻导游沙鲁，他充当了我们和村人之间的沟通桥梁。

屋里，巴吕丁老人的妻子萨丽娜在忙碌地张罗茶水，才六十出头，但却有着一张疲惫苍老的脸，岁月的蜘蛛明目张胆地在她的脸上恣意结网，额头、下巴、双颊，甚至双耳，都是密密麻麻一圈一圈、一道一道的皱纹。如果把这些皱纹抽出来当毛线使用，绝对可以织成一袭特大号的毛衣。

她总共生育了七个孩子，有多达三十二个孙子、三个曾孙。

巴吕丁老人竖起拇指称赞妻子：

"里里外外、大大小小的事务，都是由她操办的！耕田、养牛、养鸡、养鱼、养蜜蜂、烹饪、缝纫，无所不能。"

很明显地，萨丽娜容颜的早衰，是由过劳造成的。呜哇！我心里偷偷地想，我可不要如此能干哦！

巴吕丁老人的屋子，惊人地大。乌兹别克斯坦以地毯见著，七个极其宽敞的房间，都挂满、铺满了地毯，缤纷的色彩密密实实地填满了每一寸空间，使呼吸都变得非常斑斓。让人费解的是，巴吕丁老人将价值数千美元的地毯铺在地上任由人踏，价值仅数十美元的地毯，却拱璧不啻地挂在墙壁上。询及原因，巴吕丁老人耐心地解释道：

"手制地毯虽然名贵。它的线头却不若机制地毯那般结实，如果挂在墙上，线头可能会松垮，地毯也因此而变形；把它放在地上嘛，线头会越踏越紧致，越踩越密实。"

机制和手织者价格虽然有霄壤之别，可是，一分钱一分货，前者用上几十年便褪色破损；后者呢，千年不坏哪！

巴吕丁老人指着那一块块色泽鲜丽的地毯，诙谐地说道：

"我们把羊儿的毛织成如此美丽的地毯，它当然感恩图报——冬天，你如果坐在上面，它会迅速地把温热传递给你，在短短十分钟内，便浑身暖和了。"

房间里，高高地叠着上百张轻暖的被子，这是萨丽娜利用当地盛产的丝绸和棉花做成的。我非常市侩地问道："你们是不是要把被子送去集市出售？"巴吕丁老人笑道："不是啦，客人留宿时，让他们盖上被子睡觉，夏凉冬暖呢！"乌兹别克斯坦的女子在出嫁前，都必须学会缝制绸棉被子，这可说是新娘手艺当中非常重要的一环。

屋后，是巴吕丁老人自挖的鱼塘。许多不知名的鱼儿，就在鱼塘里婀婀娜娜地游来游去，把一大片亮晃晃的阳光搅成了细细的碎钻，闪闪烁烁的。我问："这些肥美的鱼，是由鱼贩上门收购呢，还是由你们挑到渔市去卖？"巴吕丁老人呵呵笑道："不不不，我们不卖鱼。我们买入鱼苗，把鱼儿养大之后，送给邻里和朋友饮食。付出一点劳动而让别人受惠，让我得到很大的满足感。"巴吕丁老人的分享哲学，滴水不漏地渗透进生活的每一个缝隙里，充分地体现出米坦村人那种待人以诚的温暖。

巴吕丁老人相信，分享愈多，心灵愈富有。当然，分享的先决条件是自己必须有盈余。他的生活是很富足的，牛栏里的牛，长期供应牛奶和牛油；满地放养的鸡，每天孵出新鲜的鸡蛋；蜂房里的蜜蜂，提供食用不尽的蜂蜜；

一亩亩田地，欣欣向荣地种出了让一家老小饱餐的谷米、小麦、瓜果、蔬菜。他的粮仓里，有大包的积粮。当家有喜事或要为新婚的孩子兴建屋子时，他便卖牛鬻羊，换取现款，生活可说是要啥有啥的。

回首前尘，巴吕丁老人露出了苦尽甘来的笑容：

"在1991年国家独立之前，我们的生活是捉襟见肘的。当时，许多条规就好像一道道无形的绳子，捆手绑脚。许多美丽的蓝图，只能空想，难以落实。我和妻子天天起早摸黑胼手胝足地干，依然还是吃不饱穿不暖；储积余粮，简直就是天方夜谭哪！国家独立之后，一切都不同了。只要你肯干，一定能过上舒适的生活。"顿了顿，又说，"你知道吗，我们乌兹别克斯坦人特别喜欢肉食，以前一个月都吃不上一回，现在呢，天天、餐餐都有肉可吃。"

他说的一点儿也没错，烧烤肉串、肉馅饺子、鲜肉炖汤，都是寻常百姓的膳食。

这时，已近晌午。

巴吕丁老人说：

"我们中午吃抓饭，这是乌兹别克斯坦的国民食品。我的妻子现在已经在庭院生起了柴火，你可要学煮？"

我点头如捣蒜，他话一说完，我便像一列子弹火车冲向了庭院。

猖獗的太阳像个咄咄逼人的泼妇，有着一种让人望

巴吕丁老人居所宽阔的庭院

巴吕丁老人可爱的孙女

粮仓有丰足的积粮

墙上都是挂毯

这就是做馕的石灶

做　馕

金光灿烂的馕

而生畏的凶狠跋扈；可是，萨丽娜和她的儿媳却无视烈阳的恶毒，她们手脚麻利地把大大的铁锅架在熊熊的柴火上面，倒入棉籽油，在油里爆香大量洋葱片，煎软胡萝卜丝，再倒入牛肉块，慢慢地炒。之后，加入浸过水的米、葡萄干、盐和香料，猛力翻炒大约20分钟，当米饭呈现温润的金黄色时，便在锅里把米饭压成美丽的半圆形，加盖，焖煮半个小时，便大功告成了。

当她们翻炒米饭时，我要求她们让我试试。阳光炙热、炉火炽热，米饭又沉甸甸的，我翻炒不到半分钟，便汗流浃背，手臂酸痛了，嘿嘿，真是苦差啊！可乌兹别克斯坦人发狂地爱着抓饭这道美食，每家每户每个星期至少得炊煮三四次，主妇们都训练有素了，煮起来轻车熟路的，不费吹灰之力。

在米饭焖煮的当儿，婆媳俩又赶着去做馕了。

在乌兹别克斯坦，馕就像空气，无所不在。大街小巷，超市、小食店、大餐馆，处处都可以看到它们扬扬得意地闪烁着身上的亮光。在餐桌上，它是配搭红花的绿叶，但是，少了这绿叶，花儿也就萎蔫了。

此刻，婆媳俩快手快脚地将少许盐加入发酵了的面团里，压成扁扁圆圆的形状，送入石灶，烘烤而成金光灿烂的馕。

各式果脯和坚果、各种腌渍瓜果，花团锦簇地摆满一桌。大家围桌而坐，静静等待主食。

流光溢彩的抓饭一上桌，我就忍不住大声喝彩了：哇哇哇！晶莹剔透的米饭闪着黄金般的亮泽，镶嵌在内的胡萝卜和黑葡萄，活脱脱的就是玛瑙和黑珍珠啊！

曾在餐馆品尝过抓饭，不太喜欢，因为每一颗饭粒都被腻腻的油裹住了，吃完之后，可怜的胃囊，变成了沉甸甸的油缸。然而，让我大感惊讶的是，萨丽娜的抓饭，却煮出了截然不同的风味。它润而不腻，透不浮油；牛肉的丰腴、洋葱的浓香、胡萝卜的清甜，都不动声色地钻进了饭粒里，百味纷呈，却又含蓄自重。姑且打个比喻，过去在餐馆尝到的抓饭，就像是个轻浮的浪子，油嘴滑舌，华而不实。可这一回的抓饭，却像个温雅的儒生，学富五车，却谦虚内敛。难怪乌兹别克斯坦人老是自豪地告诉我："我们的抓饭啊，有两百多种不同的煮法呢，用料不同，滋味各异！"

饱餐之后，我们又到起居室里，品尝绿茶，继续聊天。

巴吕丁老人说，身为伊斯兰教徒，他父亲最大的愿望便是到麦加去朝圣。然而，在苏联管辖下的乌兹别克斯坦，严禁百姓出国，他父亲朝圣的愿望也就成了泡影。1991 年，苏联解体，遗憾的是，他父亲已经撒手尘寰了。巴吕丁老人告诉自己，他一定要代父亲完成这个美丽的遗愿。终于，去年，妻子把家里最壮的那头牛牵去卖了，把钱悉数交给他，让他前往麦加朝圣。

"我这一生，再也没有什么遗憾了！"

巴吕丁老人说着，望向他的妻子，眸子里，蕴含着饱满的笑意，还有，爱和满足。

聊着聊着，蓬蓬松松的暮色在屋外慢慢地伸展着，天地间都是朦朦胧胧的绚丽。我们依依不舍地起身告辞，巴吕丁老人将我们送到大门以外，频频挥手，以俄语说道：

"一定要再来呀！"

我回应着说：

"一定会再来的！"

我心里明确地知道，我说的不是敷衍的应酬话。

我是真心地喜欢这个有着深厚历史与文化底蕴的国家，我是真心地喜欢这个民风淳朴的村庄，我亦是真心地喜欢让人宾至如归的这一家子。

车子，在膨胀着的暮色里渐行渐远，我对着那个愈变愈小的身影喊着说：

"巴吕丁老人，我一定，一定会再来的！"

一走进布哈拉这座拥有 2500 年历史的古城，我的心，立刻被异样的温柔牵动了。

我想寻找樵夫阿里巴巴和婢女玛姬娜的住宅。

这所屋子，曾经两度被凶残的强盗在门上做了记号，但是，机警的婢女玛姬娜，却在整个社区每一户人家的大门上都做了一模一样的记号，使强盗的计谋不得逞。后来，强盗头子亲自出马，打听到阿里巴巴的居所，乔装成油贩子，带了 40 个油瓮，把其中 3 个装满油，另外的 37 个则让其他强盗屈身匿藏。准备妥当后，他到阿里巴巴家里借宿，打算在夜深人静时让大家一起从油瓮里窜出来，把阿里巴巴全家杀个精光，取回阿里巴巴从他们藏宝洞内取走的金银珠宝。可这计谋又被玛姬娜识穿了，她不动声色地把滚烫的油罐放进油瓮里，把强盗一个一个全都烫死了。

我以温习童话的心情，在处处让人惊艳的布哈拉古城慢慢地逛着、看着、寻找着。我行经了岁月斑驳的古堡和宫殿，行经了磅礴大气的经学院和清真寺，行经了多姿多彩的手工作坊，行经了气氛阴森的监狱，来到了一个波光潋滟的大池塘。我找不到阿里巴

相传布哈拉古城是阿凡提的故乡

巴的住宅，但却在池畔惊喜万分地看到了骑在驴子上的学者阿凡提。

有人传说阿凡提的故乡在中国新疆、在土耳其、在伊拉克，然而，我却宁可相信，他的故乡，就在乌兹别克斯坦；而他的出生地，就在这个充满了光辉灿烂伊斯兰文明的古城布哈拉。

关于阿凡提的一切，众说纷纭，归纳起来，大致可以得出这样一个形象——他原名叫纳斯尔丁，为示尊敬，大家尊称他为"阿凡提"，意即"老师"。据说他是一位才思敏捷、吐语幽默的学者，曾经云游各地并以绵里藏针的方式撰写游记；他口才了得，不平则鸣，往往爱以诙谐的语言包裹锐利的思想匕首，以此针砭时弊，大快人心。

由于阿凡提是一个家喻户晓的形象，数百年来，各国人民都不约而同地把许多别具深意的寓言和引人发噱的小故事记录在他名下，广为流传。

此刻，站在布哈拉的池畔，看到在粼粼波光映照下快活地挥动着手的阿凡提，我仿佛听到他穿越时光隧道破空传来的豪迈笑声。

镶嵌着他笑声的布哈拉古城，因而有了永恒的活力与魅力。

布哈拉古城不但快乐，而且，非常自豪。

夹杂在虚实相间的文学传说里的，还有以下这一则有关成吉思汗的逸事。

古城里一座气势恢宏的卡杨宣礼塔，曾经使名震四方的成吉思汗"低头"。

有着文学与历史烙印的布哈拉古城，曾是古丝绸之路上一颗熠熠发亮的明珠。

它是来往商贾的梦园、旅者的乐园、学者的伊甸园。

遐迩闻名的卡杨宣礼塔

　　如今，从那宛若蜘蛛网般密密分布于布哈拉古城大大小小的店铺和集市里，从那白天川流不息而晚上络绎不绝的人潮里，我们还能依稀感受到当年贸易活动达于鼎盛期那令人咋舌的热闹。林林总总的手工艺品诸如地毯、丝绸、珠宝、木雕、玻璃烧铸、金丝银线绣制品等，精美已极。让人拍案叫绝的是，各国商贾沿着丝绸之路麇集于此，彼此的思想互相碰击，激发出绚烂的火花，创造了许多糅合了多国特色的产品，这些产品如今已经成为布哈拉古城独树一帜的商品。举个例子，蚕桑业从中国传到这儿后，丝绸便完美地融入了当地的手工艺品内。古城有一种混合了多种技艺的披巾，让我爱不释手。披巾是以坚实耐用的骆驼毛织成的，有粗犷的美感；然而，上面那秀里秀气的图案，却是以精致的五彩丝线密密绣成的；丝线的色泽，是从天然植物抽取汁液而染成的，那种鲜艳，有着一种无法形容的华丽。小小一方披巾，圆融巧妙地体现了刚柔并济的美。其他许多手工艺品，也展示了多种不同文化不着痕迹地糅合于一炉的特色。

我在那宛如迷宫的集市里逛来逛去，目迷五色。如果说过去生生不息的贸易活动造就了古城的繁盛，那么，如今游人如织的旅游业，便延续了它欣欣向荣的面貌。

非常幸运的是，由于最近数百年来战火不曾蔓延于此，因此，布哈拉主要的建筑不曾遭到摧毁，古城于1993年被联合国教科文组织列入世界文化遗产内。

磅礴大气的古城布哈拉

我和日胜，就住在布哈拉古城一家别具风味的客舍内。楼高两层，20个小房间，有一个满栽花卉的宽敞庭院，我们每天逛累了，便坐在庭院里喝茶，与房东海阔天空地聊天。

　　经营客舍的，是一对年轻的夫妇，几代人都定居于此，聊起古城的一切如数家珍。女房东伊娃丝娜以自豪的语气表示：布哈拉古城是一个有着深厚底蕴的地方，它不但是古丝绸之路人人趋之若鹜的商业贸易中心，也是宗教、建筑、科学与文学艺术的重镇，在鼎盛时期，布哈拉有超过100座经学院和300多座清真寺呢！迄今，这座弥漫着浓厚伊斯兰色彩的古城，还完好地保存着大约140余座古代建筑和历史遗迹，被誉为"博物馆城"。

美丽绝伦的
古清真寺

伊娃丝娜眉飞色舞地说道：

"诗人鲁达基担任宫廷诗人时，就曾在布哈拉生活过一个时期啊！"

啊，鲁达基！我忍不住惊呼一声。鲁达基是塔吉克斯坦的国宝，也是波斯古典文学的始祖，波斯语诗歌之父。想必布哈拉这个庄重典雅而美若梦境的城市，必然给了这位多产作家不少创作的灵感吧！他那种寓冷静恬静于奔放热情的诗风，和布哈拉这个城市的特征，不也正是相互吻合的吗？

伊娃丝娜一听这话，便频频点头，说：

"是啊是啊，布哈拉古城所体现的，正是诗人的气质。"

时近黄昏，厨房里熬汤的香味又飘送出来了。

知道我喜欢喝汤，每一天倦游归来，善心的伊娃丝娜总会给我留一大碗她的"私房汤"。她用牛骨、羊骨或鸡骨地老天荒地熬上四个多小时，把一锅汤熬得柔顺平滑，再加入蘑菇、鸡丝、番茄、马铃薯、紫菜根、牛肉、肉丸、面条，等等，内容丰盈繁复。

伊娃丝娜说：

"春天喝汤，调理肠胃；夏天喝汤，解除暑气；秋天喝汤，沁心润肺；冬天一来啊，捧着一大碗熬得浓浓的羊肉汤，把厚厚的羊油连同热热的烟气一起喝下去，那个舒服劲儿呀，哼哼……"

当她侃侃而谈时，我心里却偷偷地想道：乌兹别克斯坦的汤文化，是不是也有着来自中国的影响呢？

布哈拉古城，既是保守的，也是开放的；既是传统的，也是创新的。五湖四海的文化，都能在此找到容身之处，绽放璀璨光彩。它的大气与包容，使它成了一个让人永远惊艳与惊喜的地方。

它，是一个活的惊叹号。

布哈拉古城

整间店铺，都是起起伏伏的呼吸，溢满了生命的活力；整家店子，都是喋喋不休的对话，流窜着无声的喧嚣。

此刻，生龙活虎地在释放快乐的，是葫芦。

原本木无表情的葫芦，像被魔术师点化了，摇身一变，成为多种让人惊艳的物体：吊灯、水瓶、酒坛、乐器、鸟笼、灯罩、糖果瓶、胡椒罐、首饰盒子……各式小玩意儿。

葫芦，是人类最早种植的农作物之一，根据考据，先人以葫芦作为盛水的用具，比陶器和青铜器出现得更早。换言之，葫芦的种植至少有六七千年的历史了。

有人把葫芦称为"人文瓜果"，因为它内蕴丰富，用途极广。

未熟的葫芦，果皮嫩绿，果肉纯白，摘下，可用以熬汤、做菜、腌渍。它暗藏香气，味道清甜，含有多种维生素。常食能滋润肌肤，增强免疫能力。中医认为葫芦有利尿消肿的作用，有的人更指出，葫芦可以医治黄疸病。

葫芦在大熟之后，果皮坚硬如壳，独具慧眼的民间艺匠，便将造型优美的葫芦雕制成各种实用的工艺品和可供观赏的装饰品。

那天，迈入塔什干中心地区这家遐迩闻名的手工艺品店，看着由葫芦变出来那形形色色的东西，我啧啧称奇。

手艺精湛的艺匠鲁斯坦贝克（Rustambek Ibraghimov）以自豪的语调说道：

"全塔什干啊，就只有我一个人在做这种特殊的手工艺品呢！"

如斯坦北有一张刀削般的瘦脸，眉宇间仿佛藏着一座庙，有一种常年处在思索状态的肃穆；圆而亮的眸子呢，则透着"冷眼观世情"的锐利。

以葫芦做成手工艺品，必须经过繁复的程序。如斯坦北表示，他一切都亲力亲为，如此一来，葫芦才能感受到他的诚意，从而尽情地把自己的美丽释放出来。

首先，他把那些尚未大熟的葫芦连茎一起摘下，挂在一个干燥通风的地方（以露天楼顶或花棚最为理想）；葫芦饱饱地吸收了璀璨的阳光之后，慢慢地、优雅地干化。一般上，一个 10～15 公斤重的葫芦，在彻彻底底地干化之后，仅能保有 300 克至 500 克的重量而已。

如斯坦北侃侃地说道：

"葫芦身上暗藏着一种神秘的力量，即使从树上摘下之后，依然还能感受到它悸动着的、无比强劲的生命力；也正因为这样，葫芦总被当作活力的象征。"

每回将一个美美地吸收了日月精华的葫芦捧在手上，如斯坦北便会让他的想象力长出翅膀，尽情翱翔。他认为葫芦是一种极具灵性的植物，他常常会在动工之前，以深邃的目光注视着它，温柔地问道："告诉我，你想要变成什么呢？"每个葫芦，形状不一、大小不同，色泽和纹理也有异，在让它们"变形"之前，必须细心地聆听它们本身的意愿。

　　如斯坦北幽默地说道：

　　"变形，是葫芦生命的再一次轮回，我们要让它们的今生活得比前世更为精彩呀！"

　　沉默的葫芦会通过它的形体诚恳地做出无声的答复。如斯坦北在听懂了葫芦的心声之后，才动手设计。他以巧手慧心把它们一一变为音韵悠扬的琴、精致雅丽的灯、玲珑可爱的盐罐、古里古气的鼻烟盒……

　　"有的时候，同一个葫芦，却呈现了多面的可能性，这种情况，就好像有的人只会一种技艺，有的人却十八般武艺样样精通一样。碰上这种具有多面性的葫芦，我便顺遂它的心愿，让它一物多用。"

　　说着，他举起了一个婀娜多姿的花瓶，随手翻转过来，它就不可思议地变成了一个浪漫绮丽的烛台，再换一个角度摆放，它又成了实用的水果盆；倘若横着放呢，它又化身为一个优美独特的摆设品。

　　在我目瞪口呆的赞赏声中，他露出了得意非凡的微笑。

葫芦定型之后，下一个步骤便是给它绘制"彩衣"了。首先，以稀释酒精把它的表层擦拭得干干净净，再涂上一层透明的底色。如斯坦北强调，如果想要凸显葫芦自然的色泽和皮上的脉络，就不要上底色。底色干后，以丙烯酸漆加以巩固——然而，任何化学物质都会破坏传统的美感，所以，倘若想要保留一些传统的老味道，就千万不要加入丙烯酸漆。

如斯坦北喜欢亮色，他天马行空地使用红、青、黄、金种种无比鲜艳的色泽，赋予葫芦以斑斓的面貌。在图案设计上，他善于使用变化多端的几何图形来带出含蓄深邃的艺术美；此外，千娇百媚的花卉，也是他的最爱，他认为把娇艳的花卉画在丰实的葫芦上面，能够完美地彰显大自然丰盛而又美丽的面貌，因为瓜果是强劲繁殖能力的明证，而花卉则是爱和真诚的象征。

如斯坦北从架子上拿起了一个葫芦水瓶，娓娓说道：

"你知道吗？百余年前，在丝绸之路上来来往往的商贾和旅人，总喜欢在腰上系一只葫芦，他们以葫芦装酒、装水、装羊奶或牛奶，因为呀，葫芦经久耐用，摔不破、晒不裂，而且，它轻若羽毛，便于携带；此外，不论把任何液体装在葫芦里面，即使是在高温底下，也能长保冰凉。"

我听后微笑不语，心里想的是：你讲的是百余年前的事，可是，1000多年以前，活佛济公便已在葫芦里装

如斯坦北和他的得意杰作——葫芦花瓶

着醇香的酒大摇大摆地行走天涯了，而最为神奇的是，他把一大坛酒倒进随身携带的这只小葫芦里，居然还装不满呢！活佛济公的传说，大大地丰富了葫芦的内涵，也宣扬了葫芦的神奇性，使酒葫芦这个奇特的形象昂首阔步地走入了千家万户，也使济公许多妙趣横生的故事永垂不朽。

在乌兹别克斯坦，一般百姓的月薪才百余美元，可是，一个以葫芦为原料制作的花瓶，居然要价 58 美元，而且，注明不二价。如斯坦北骄傲地说道：

"我所有的葫芦手工艺品，都是活的，你可以切实地感受到它所呼出的气息充满了快乐的元素。乌兹别克斯坦人相信，把一个附着正能量的葫芦携回家去，能带给你源源不绝的好运气。"

啊，原来乌兹别克人和华人一样，是把葫芦当成"吉祥物"的。

"厝内一粒瓠，家风才会富"这句谚语在中国坊间流传已久，意即"在家里摆放一个葫芦，才能发财致富"。此外，根据风水，葫芦肚大嘴小的形状，能够很好地收纳气场，有效地阻遏邪气入侵。鉴于此，过去，许多相信风水的富豪，都会在大堂上长期摆设新鲜摘下的葫芦；当然，也有豪门大族在屋前屋后大量栽种葫芦以祈求一家大小的平安。至于一般小市民，也很喜欢用红线把五个葫芦绑成一串，挂在大门处，寓有"五福临门"之美意。

近年来，许多古老的传统在科技的冲击下都日落西山或寿终正寝了；而以葫芦祈福的风气在民间也不复多见了。如今，得以在遥远的乌兹别克斯坦和象征福气的葫芦重逢，真是欢喜呀！

跨过千山万水把那只葫芦花瓶带回家去，让它在我的屋子里尽情释放快乐。

# 土库曼斯坦

土库曼斯坦（Turkmenistan）是一个充满了矛盾的国家。

它富裕而又穷困，洁净而又邋遢，开放而又保守；这种种美丽中的丑陋、先进中的落后，让游客在惊喜和惊愕中兜转、在快乐与遗憾中周旋……

尚未入境，土库曼斯坦便在关卡处让我饱受折腾。关卡职员拿着我的护照，对我反反复复地诘问，来访目的、每天的行程内容、居住旅馆、携带货币等，点滴不漏地问个详详细细。检查行李时，那种巨细靡遗的检查方式更是令我厌烦不堪。每一个大小包裹都一一打开密密细查。查到最后，检查员以手指拈起了一包敷脸用的面膜，在我面前晃来晃去，问道："这是什么呀？"烦躁万分的我没好气地应道："这是烹饪用的调味品啦！"如此这般，足足耗去了两个多小时！我心想：幸亏这儿游客寂寥，否则，我们可能要在关卡打地铺过夜了呀！

然而，不讳言，一迈入土库曼斯坦首都阿什哈巴德（Ashgabat），在关卡累积的怨气，立马便烟消云散了。

啊，这真是一个美得让人乍见便心动的

城市啊！

　　一幢一幢巍峨的大理石建筑，在温柔的阳光下，熠熠地闪着洁白的亮光，集磅礴大气和高贵优雅于一身，寓庄重宏伟与万种风情为一体。昂贵的大理石，是从意大利、中国、土耳其等国千里迢迢地运来的。这样光辉灿烂的建筑，不是象征式的一幢两幢，也不是十幢八幢，足足有七百多幢哪，而且，数目还在不断增加中。根据2014年吉尼斯世界纪录，被誉为"白色之城"的土库曼斯坦，是全世界拥有最多大理石建筑物的国家，迄今，这个纪录尚未被刷新呢！这个特色，不但赋予土库曼斯坦举世无双的美丽市容，而且，也展现了有关方面在城市设计上的匠心独具和一掷千金的豪气。

土库曼斯坦首都共有七百多幢大理石建筑

美轮美奂的清真寺

夜晚的阿什哈巴德，更是美得荒诞不经。灯火灿然、灯海璀璨，碎金满地、珠玉遍布，有一种迷离的华丽，宛若童话里的"不夜城"，我呢，觉得它简直就是幻影中的海市蜃楼。

土库曼斯坦之所以能在首都阿什哈巴德奢侈地以密集的灯火绽放瑰丽，全因为它拥有丰富的石油和丰沛的天然气。全国百姓都能免费享用电力和天然气的供应，汽油的售价1升才寥寥1马纳特（折合新币4角）。

奢华的土库曼斯坦，还拥有其他三项吉尼斯世界纪录，包括最大的喷水池组群、最大的星形建筑物（电视发射塔）、最大的室内摩天轮。

在阿什哈巴德，广场上、公园里，处处可见造型华美的喷泉，清澈的水，把整个城市映照得亮晶晶的，对于一个建于广袤沙漠而水比油更为珍贵的城市而言，这可被视为一个现代神话，它完全没有辜负"喷泉之都"的美誉，土库曼斯坦以第一任总统命名的清真寺 Turmenbasynyn Ruhy Metjidi，规模是全中亚细亚最大的，可以容纳伊斯兰教徒 10000 余人。建筑之富丽堂皇，令人咋舌。瑰丽的彩色玻璃来自捷克，优质的大理石从意大利进口，花式繁复的地毯是由国内百里挑一的工匠手织的……一砖一石，全都精雕细琢，细致秀雅而又恢宏大气，是难得

世界最大的室内摩天轮

一见的建筑精品。土库曼斯坦政府这种不计工本的大气魄，着实令人叹为观止。

游客来到这样一个宛若天方夜谭的国度，理应目迷五色，乐不思蜀了；然而，有关当局处处严厉的管制，却使游客有捆手绑脚的难受。

我在当地最常听到的一句话就是：

"这里不准拍照。"

禁止摄影的地方包括机场、火车站、总统府、议会大厦、国家博物馆、清真寺和政府机构等。

最不可思议的是，有一天，意兴勃勃地到菜市去逛，但是，旅舍的人却善意地提醒我："记得，菜市是不准拍照的呀！"我心里想：上有政策，下有对策，不碍事呀！到了嫣红姹紫的菜市，我拿出手机，假装发短信，实则偷偷拍照，没想到"计谋"一下子便被识破了，那个水果摊贩凶神恶煞地指着我，喊道："你敢再拍一张，我就砸烂你的手机！拍呀，你敢再拍吗？"我当然不敢。事后，有人告诉我，在"禁止摄影"的地方，如果不顾禁令，有时是会被人围殴或强行夺去手机的；倘若遇上公安，那就真的是"秀才遇着兵，有理说不清"了呀！让我百思不得其解的是：闹声喧天而生气勃勃的菜市，又有何隐私可言？有禁止摄影的必要吗？

最让旅客难以适应的是，网络严受管制，许多地方不能上网，就算勉强连上线了，线路还是诸多干扰，更遑论

气势恢宏的清真寺

使用社交网站了。由于网络不通，我在土库曼斯坦逗留期间，和外界的联系也就暂时中断了。

还有一事，是旅客万万想不到，也想不通的。

在阿什哈巴德，富丽堂皇的建筑矗立于四通八达的街道上，喷泉处处，市容整洁，是个建设得极其完美的城市。可是，许多地方的公共厕所却令人不敢恭维。莫说基本用品如厕纸和洗手液付之阙如，连基本卫生也谈不上。地上尿液横流、臭气熏天；有时，顽强的粪便还在地上死赖不走，苍蝇飞绕。堂堂首都尚且如此，其他城市，更不用说了。这个阴暗面看似微不足道，然而，它却是旅游业

尤今（中）与当地的大学生合影

发展的一大绊脚石。旅行期间，除非情况紧急，我总是尽量避免使用公共厕所，有时憋得连头顶也袅袅地冒出烟气；到了后来，索性减少喝水以避免上厕所，大大地削减了旅游的乐趣。

土库曼斯坦这个在 1991 年脱离苏联独立的内陆国家，幅员辽阔，但人口只有 500 余万。根据联合国在 2017 年公布的世界快乐指数报告，在 155 个国家当中，土库曼斯坦排名第 59，成绩不算差。

和当地百姓交谈，发现他们对医疗、教育和水电免费供应的国策是极为满意的，但是，对于人均收入却颇有微词。据他们告诉我，非大学毕业生起早摸黑地做，月薪仅得 90 美元左右，大学毕业生在政府部门工作，月薪也只有 150 美元。这样的收入，难以应付高昂的物价，因此，许多人在正职之外，都得兼职。

尽管人民收入不高，不过呢，为人称誉的是，政府管理得当，治安出奇的好，住者安心、旅者开心。

从土库曼斯坦这个天方夜谭般的国度回返家门，朋友问我旅游观感，我说：

"它像一个梦。"

# 地狱之门

位于土库曼斯坦的"地狱之门"（The Door to Hell），是一个让人情绪像抛物线般起起落落的地方。初见那一瞬间，我因惊艳而心跳难抑；稍后，绕行边上，却又因惊骇而心惊肉跳。

这个举世无双的"地狱之门"，正式的名称是达瓦札天然气燃烧坑（Darwaza Gas Crater），坐落于辽阔的卡拉库姆沙漠（Karakum Desert）中部。

通往沙漠的那几个小时路程，路况极坏，那辆四轮驱动车，在沙砾满布的道路上亢奋异常地蹦、跳、弹、蹿，我的五脏六腑全都不安本分地"出轨"了，即连一向安分守己的眼珠子，也蠢蠢欲动地想要逃离眼眶。经过四五个小时的折腾后，抵达沙漠，全身骨头仿佛被戳出了许多个窟窿，完完全全无法撑起全身的重量。然而，想到向往已久的奇观"地狱之门"就近在咫尺，原本涣散的元气又快速凝聚了。

在距离"地狱之门"大约两百余米的营地上，疏疏落落的几个单人帐篷，好似畏畏缩缩地匍匐在广袤沙漠上的几只小甲虫。空间极小，曲着身子爬进去，一躺下来，便没

小小的帐篷宛若伏在广袤沙漠的小甲虫

有翻身的余地了。

　　寒气浓重，原本营养不良的暮色，渐渐地臃肿肥胖起来。不远处，袅袅娜娜地飘来了烤鸡浓郁的香气。鸡，是以炭火烧烤的，鸡皮微焦、香脆，鸡肉丰腴、柔嫩，我一块接一块地吃，吃得心花怒放；吃着时，脑子里忽然浮了一则有趣的新闻。有一回，日本两名年轻的背包客来此旅行，兴之所至，把一只鸡以钢丝系在长长的竹竿上，好像钓鱼一样，放进"地狱之门"烧烤，烤得金光灿烂、香气四溢。取出后，两个人就站在璀璀璨璨的火光旁，大快朵颐，吃得油光满脸。他们把整个过程拍摄下来，挂在社交网站上。"地狱之门"这个奇特的景观在日本立刻引起了轰动。名声不胫而走，吸引了络绎不绝的日本游客。就以这个晚上来说吧，沙漠访客除了我和日胜之外，其余八人全都来自日本。

营地导游向我们娓娓畅述"地狱之门"形成的来龙去脉。

天然资源丰富的土库曼斯坦，自 1924 年起成为苏联的附属国。位于土库曼斯坦境内的卡拉库姆沙漠，蕴藏着大量的石油与天然气。1971 年，苏联的工作队伍来此开采石油，他们设立了钻台，满怀期盼地向下开凿。万万没有想到，深藏于这个坑洞里面的，居然不是丰厚的石油，而是丰沛的天然气！开凿至半途，钻台下方的地表哗啦啦地往下塌陷，形成了一个直径 69 米、深达 30 米的巨型大坑，盈盈满满的天然气，宛若无形的喷泉，自深坑里喷洒而出，恶毒地弥漫四周。为防蕴含毒素的甲烷气体扩散到附近的村庄而戕害居民健康，苏联工作队伍赶紧在气坑里点火，火势当即在气坑里蓬蓬勃勃地燃烧起来，烧得

烧了 46 年依然持续在烧的地狱之门

尽情、炽热而又狂烈；冲天的火光，把整个沙漠都照得亮晃晃的。工作人员原本以为天然气肯定会在几天之内被大火消耗殆尽，届时火便会自动熄灭了。没有人料到，那活力充沛的天然气，竟像是从无底洞内释放出来的，源源不绝、无止无尽。火，当然也就持续不断地飞蹿着、飞蹿着，烧呀烧的，从 1971 年一直烧到今年（2017 年），足足烧了长长长长的 46 年，还意犹未尽，持续在烧，烧烧烧、烧烧烧。究竟它会烧到何年何日呢？这是一个无人能够解答的问题。

这个"讳莫如深"的坑，坑里无休无止地蹿出的火，遂变成了土库曼斯坦一大块吸引游客的磁石。

一次原属不幸的意外事故，居然变成了一则大家争相传颂的传奇，不得不让人啧啧称奇；而每每一提及"地狱之门"，土库曼斯坦人便以亦庄亦谐的语调说道：

"苏联人给我们创造了这个世界奇观，给我们带来了取用不竭的旅游资产，我们一生一世都感谢他们啊！"

这个"黑色幽默"，把大家都逗得很乐。

晚餐过后，天色全黑。沙漠的夜，是虚无缥缈的，充满了无穷的张力。那种无边无际的黑，那种一无所有的静，给人一种危机四伏的感觉，很有压迫感。

营地导游幽默地说：

"现在，让我带你们大家一起到地狱去吧！"在大家的笑声里，他又严正地警告着说，"请你们注意，地狱之门的边缘是没有设置围栏的。它的景观，极致罕见、极致瑰丽，你们可千万不要为了沉溺美色而壮烈牺牲啊！"

我兴奋难抑，却又忐忑不安；满怀憧憬，却又步步惊心。就这样，揣了一只无形的兔子在怀里，如履薄冰地走向了"地狱之门"。

远远地，便看到一团一团惊人的火焰从一个大大的深坑里逃命似的飞蹿出来；愈靠近，便愈炙热，热得连双眸都睁不开来。等我终于站在"地狱之门"滚滚烈焰的边缘时，大大地震惊了。

那种美，凄厉已极、诡谲已极、跋扈已极、阴森已极。

这根本就不是人间该有的景致啊！

橘红色的火，一<u>丛丛</u>、一把把、一团团、一堆堆，夹杂着灼人的气流，在深不可测的大坑里，无比悲壮地自焚着，噼噼啪啪、噼噼啪啪。仔细再看，嘿嘿，这哪儿是火呢？明明就是地狱里推推搡搡的魑魅魍魉啊！它们想要逃走，但却被上了脚镣，拼尽全力挣扎，但却插翅难飞，只能翻来覆去地接受焙烤；那种毫无转圜余地的绝望，那种宿命已定的无奈，使那群魑魅魍魉呈现了一种奋不顾身的、近乎狂烈的勇敢，化成了旁观者心头沉重的震撼力。我看着、看着，忽而觉得这些晃动不休的火焰，就像是当年土库曼斯坦在苏联管制下那一双双拼命祈求独立的手。此刻，在荒草不生的孤寂沙漠里，站在"地狱之门"的边缘，回顾这一段历史，百感交集。

那天晚上，在"地狱之门"来来回回地绕了许多个圈子，从不同的角度去观赏它那不可思议的美。深夜，躺在局促的小帐篷里，慢慢地反刍。我觉得"地狱之门"这个景观之所以迷人，主要因为它是活的；而最关键的是，没有人知道它会活多久、它能活多久。前景难测，那种神话般的瑰丽，增添了一种谜样的色彩。

关于"地狱之门"的未来状况，坊间有两种不同的说法。

一说土库曼斯坦的总统于 2010 年曾经到访此地，为了避免天然气继续无谓的浪费与耗损，曾下令将这个燃烧着的深坑加以封闭。然而，至今已经好几年了，深坑依然敞开，大火照旧熊熊燃烧。

二说政府将以"地狱之门"作为一个旅游重点而在这个渺无人烟的沙漠区大兴土木，建设旅馆与餐馆。

我个人觉得，不论前者或后者，对于这个具有历史意义的地方，都是一个伤害。

有时，保持原状，就是对历史最好的尊重。

马赫图姆库（Magtymguly Pyragy）这尊巨大的塑像，稳稳地坐在"诗人广场"（又称"中央广场"）上。塑像里的他，蓄了长及于胸的胡须，一手执笔，一手按在一沓纸上，眼神深邃，神情专注地在翩跹起舞的灵感里磨砺诗才。

马赫图姆库是土库曼斯坦 18 世纪遐迩闻名的思想家、预言家、诗人。当地有几句话，很能说明他诗作流传的广度和普受欢迎的程度："土库曼斯坦人降生于世，迎接我们的摇篮曲是马赫图姆库的诗；离开尘世时，又是马赫图姆库的诗为我们送行。"

马赫图姆库备受尊崇，主要是他在作品内强烈地倾注了爱国之情、民族之情、乡土之情，讴歌光明而鞭挞黑暗，充满了振奋人心的正能量。然而，马赫图姆库的诗作绝对不是硬邦邦的教条，他以奔放的热情，创作了许多抒情诗，溢满了荡人心魂的柔情；此外，他以景致为素材的诗作，也别具深意地展现了国土的广袤与富饶。才华横溢而感情充沛的他，以斑斓的文字为丝线，织出了一幅幅锦绣的"诗绸"，给万千读者带来了精神的温暖。

马赫图姆库的塑像

　　遗憾的是，在 18 世纪光芒四射的马赫图姆库，并没能把土库曼斯坦世世代代的文学道路照成永远的璀璨。

　　目前，在土库曼斯坦，文学受到了科技与社交媒体严峻的挑战与考验，莘莘学子在校只读课本和参考书，毕业后，涉猎的又都是与工作有关的工具书。闲暇时，只喜欢浏览网上的快餐文学；严肃的文学已经曲高和寡地萎缩成小众的爱好。据说有长辈在幼辈生日时购买书籍当礼物，幼辈竟嗤之以鼻："捧书来读？多老土啊！"由于供求之间不平衡，出版业和书业当然也就兴旺不起来了。许多书店，必须兼卖商品，才得以苟延残喘。有志于写作者，孜孜矻矻地埋首创作，之后，自费印刷一两百本，送给亲朋好友，聊作纪念。文学事业，已经惨惨地走向了一条死胡同。

有感于此，2009年，土库曼斯坦的总统别尔德穆哈梅多夫语重心长地向新闻界表示："我们应该为孩子和年轻的一代建设一个心灵公园，让他们的精神有所寄托。"

2010年，诗人广场在首都阿什哈巴德的黄金地带建竣。广场上，竖立了20名富于影响力的艺术家塑像。总统慎重地表示："诗人广场的设立，旨在让百姓更好地认识我国这些在艺术天地和精神世界做出巨大贡献的艺术家。"

那天，在清风徐来的傍晚，当我漫步于花香氤氲的诗人广场时，看到一对年轻的夫妇，牵着一个四五岁的女孩

美丽的诗人广场

儿，指着个别艺术家的塑像，娓娓地畅述他们的故事。很显然的，这对睿智的父母，希望能够及早以艺术的熏陶来美化孩子的心灵。许多学校，也刻意安排教师带学生到此广场，向他们介绍这20位艺术家的种种成就，借以激发他们对本土艺术的自豪感。当地一名教育工作者告诉我，过去，问起有关土库曼斯坦的艺术家，学生往往就只能说出"马赫图姆库"这个家喻户晓的名字，其他的一概不知。现在呢，在家长和老师的共同努力下，孩子们对"艺术"这个原本遥不可及的名词，已渐渐有了感觉。

把艺术的种子种在孩子的心灵里，任重而道远。百年树人，有心是不怕迟的。安于冷漠的现状，才是艺术发展的绝症。

# 塔吉克斯坦

## 金光晃动的美丽

塔吉克斯坦（Tajikistan）是个"金光灿烂"的国家。

这个国家的中年女子非常喜欢镶金牙，而且，爱把金牙张扬地镶在前排牙齿中间，通过隐隐约约、欲泄未泄的金光，酿造妩媚的风情。有的人一整排牙居然都是金光闪闪的，毫不含蓄。当她们开口说话或张嘴而笑时，大胆放肆的金光胡乱晃动，犹如多道闪电齐齐射出，弄得我双眸难睁。我想，万一碰上停电的夜晚，她们只要张开大口，浩瀚的金光兴许便会源源地奔泻而出，义不容辞地帮助她们驱赶黑暗。

这些假牙，多数是镀金的，然而，其中也有百分之百纯金的。她们把纯金的假牙当作是身份地位的象征，平日孜孜矻矻地工作，为的就是能够慢慢地在自己的嘴巴内"累积资产"。我忍不住戏谑地问道："如果不幸遇到强盗，会不会被他们用锤子硬生生地把金牙一颗一颗地敲出来呢？"对方好整以暇地答道："塔吉克斯坦的治安良好，哪用得着担心！"哎哟，我这真是"以小人之心度君子之腹"了！那么，换个角度来看，万一他日手头银两短缺，她们会不会把金牙撬下来，

塔吉克斯坦的中年女子爱镶金牙，镶金牙是为了追求美丽，男士也镶金牙以追求潮流

拿去典当救急呢？她们满脸自豪地答道："哎，日子策划得好，就不会捉襟见肘了。"看来塔吉克斯坦的女子个个都是王熙凤，善于周周全全地把日子过得圆圆满满的。

　　我好奇的是，当她们与世长辞时，满嘴价值不菲的金牙，是不是也一起陪葬呢？"陪葬？"她们把头摇得像拨浪鼓："不不不，太浪费了呀！"一般而言，母亲去世之后，儿女便会把金牙从她嘴里取出，根据个别的情况灵活处理。有的人会镶进自己嘴巴里，通过食物的咀嚼来缅怀亲情；有的人会以此作为祖传宝物，代代相传；有的人则会把货真价实的金牙卖掉换钱，或者，暂时典当，渡过难关之后，再去赎回。

认真说起来，塔吉克斯坦的中年女子爱镶金牙，首要考量是展示美丽而不是储蓄保值。在我眼中俗不可耐的金牙，对于她们来说，却是美丽的象征——甲之砒霜，乙之糖霜，又一明证。我问一名新婚不久的男子："你会让你年轻的妻子镶金牙吗？"他毫不犹豫地答道："如果她的牙齿被虫蛀了而必须拔掉，以金牙来取代又有何妨呀！再说，镶上金牙，总比没有牙齿好呵！"莞尔之余，我又问："你觉得金牙好看吗？"他微笑应道："大家都觉得好看，那就成了一种约定俗成的美了！"

我个人觉得，与埃塞俄比亚的"唇盘族"和缅甸的"长颈族"相较，以金牙为美的塔吉克斯坦女子，可说是

杜尚别市容一瞥

非常幸福的。

埃塞俄比亚的摩尔西族少女，在十五岁时，必须敲除下颚牙齿，用刀把下嘴唇和牙龈分开，再用小盘子把切口撑开。随着年龄的增长，逐渐更换较大的盘子，最大的直径可达到二十五厘米。盘子越大，颜值越高。这个畸形的嘴唇，必须和痛苦一起伴随她们一生。缅甸的喀伦族女孩呢，为了求取众人一致公认的美，在五岁开始，便得在脖子上缠铜箍，逐年增加，致使颈骨严重扭曲变形。颈项最长者达于四十厘米，她们不但得负载颈部多达七八公斤的重量，而且，颈项终生无法转动自如！

塔吉克斯坦女子当中，虽然也有把健全的牙齿敲掉而镶上金牙的，然而，她们最大的幸福在于她们有自我选择的权利和自由。

# 婚事

杜尚别（Dushanbe）这个美丽的城市，有着不计其数的公园。每回逛游公园时，总会碰到喜上眉梢的新郎挽着笑脸盈盈的新娘，到处猎取美景，为人生最美好的一刻定格。新郎踌躇满志，新娘脸上的笑靥和手中的玫瑰交相辉映。然而，没有人想到，这一对甜蜜的新人，是在举行婚礼的这一天才首次相晤的；也没有人想到，婚礼过后，他们也许会有一段很长的时间得勒紧肚皮过日子。

对于塔吉克斯坦人来说，人生头等大事，莫过于办一场风风光光的婚宴。

婚宴的隆重，是令人咋舌的。

当语文老师的朴尔斯，忆述他四年前的婚宴时，眉飞色舞地说道：

"我邀请了七百多名宾客，连续庆祝了三天。第一天，为亲戚们准备素食和茶点，是婚礼的前奏曲；第二天，是正式的宴席，有多道美食，包括肉汤、抓饭、馅饼、饺子，还有源源不断供应的汽水、各式糖果与水果，是庆典的高潮，大家一边享受美食，一边狂歌劲舞；第三天是慰劳会，设宴招待那些帮忙筹备婚礼的亲朋好友。"

根据当地的习俗，朋友都是带着诚心的

祝福空手赴宴的，亲戚才需要赠送礼品。让人头痛的是，一对新人常常会收到许多相同的礼品。就以朴尔斯来说吧，他结婚时就收到了 30 余张地毯。地毯需要极大的空间来储存，脑子灵活的商人从中嗅到了商机，纷纷开设了"暗藏玄机"的地毯店——受邀宾客来此选购花式繁多的地毯，婚宴过后，新人可以将地毯折价卖回给地毯店，大

杜尚别的新人喜欢到处摄影留念

家把这种店称为"循环店"。朴尔斯笑道："同一张地毯，在多个不同的婚宴上来来去去地循环，早已成了'尘满面'的'婚宴大使'了。坦白说，如果我真的要为家居添购地毯，是绝对不会光顾这类循环店的。"

对婚宴高度重视的塔吉克斯坦人，迄今为止，还有超越半数是靠媒妁之言成婚的。

长相英俊的朴尔斯，在大学修读英文学系时，和女

同学有许多接触的机会，可是，他的父母却安排了村庄里一个比他年轻 5 岁的女子为对象。父亲向他出示女子的照片，他同意之后，双方以电话沟通了 4 个月，就开始筹备婚礼了。

朴尔斯微笑地说："在举行婚礼当天，我和妻子才第一次晤面呢！"我不解地问道："你和大学同窗教育水平一致，不是能更好地维持婚姻关系吗？"他飞快地摇头，说道："让婚姻坚如磐石的，主要是价值观，不是教育水平。我和妻子，在同样的环境里成长，许多想法和看法都一样，一旦风来浪起，我们肯定能风雨同舟。许多婚姻，外在条件配搭得天衣无缝，可是，外壳坚实、内里脆弱，不堪一击。"

塔吉克斯坦生活水平偏低，一般人的月薪折合美元仅仅 150 元左右。为了能够举办一场体面的婚宴，许多年轻人不惜迢迢千里远飞他国，到俄罗斯和韩国等薪酬较高的国家工作。留在国内的，就兼做两三份工作。纵是如此，过于铺张的婚宴依然使许多人负债累累，饱尝苦果。

当地政府近年有意遏制这种奢华风气，两年前，明文规定，办婚宴，邀请宾客不许超过 250 人，而所有的餐馆也都接到了通知，不许承办超越这个数目的婚宴。

条规一颁布，塔吉克斯坦人不喜反忧，他们双眉紧蹙着说：

"哎呀，婚宴只有 200 余人出席？太小儿科了吧？"

# 大黄

塔吉克斯坦素有"山地之国"的称谓，山区足足占了总面积的93%。那天早上，车子在高高低低的山地弯来拐去地行驶着时，我注意到许多农户在山区摆设摊子，出售一种不知名的蔬菜；一束一束整整齐齐地捆着，翠绿的叶子连接着艳红的茎秆，自有一种无言的风情。我们专雇的司机沙里赫看到我满脸好奇的样子，机灵地问道："你可想试试？美味得很呢！"我遗憾地应道："买了也无法烹煮啊！"沙里赫笑道："这菜，我们是生吃的呀！"

停车，买了一公斤。沙里赫手脚麻利地摘掉叶子，撕去茎秆那层硬硬的外衣，露出了冰清玉洁的内层，递给我，说："你蘸盐吃，滋味特好！"我接了过来，顺口问道："这菜，叫什么名呀？"沙里赫说："大黄（Rhubarb）。"我惊呼一声："什么！"万万想不到，这个天生丽质的东西，居然是"恶名昭著"的大黄！

我的食欲在电光石火之间宣告死亡了。

沙里赫没有注意到我情绪的变化，兀自意兴勃勃地说道：

"大黄生长于高山区，一年只收成一次。每年到了三四月，我们都垂涎欲滴呢！"说

在塔吉克斯坦，处处可见大黄

着，他把晶莹剔透的大黄茎秆放入嘴里，大口大口地咬着吃，咔嚓、咔嚓，我感觉到有一股苦涩的气息弥漫在空气里，忍不住蹙起双眉。

沙里赫犹滔滔不绝地说道：

"这大黄啊，能降血糖和血脂，具有抗衰老和抗氧化的作用呢！餐前吃它，能净化味蕾，使肉类的味道变得更加纯粹。"

看到我手中的大黄原封不动，他忍不住催促道："吃啊，保证你一吃上瘾。"我迟疑着说："我怕苦。"他笑了起来："不苦，大黄一点儿也不苦，试试呀！"不忍拂逆他的美意，勉为其难地咬了一口，咀嚼了几下，咦咦咦，从大黄里流出来的，居然不是记忆中那种好似黄连般的苦味呢！它微酸、微甜，在唇齿间流转时，宛若潺潺清泉流经山谷，是一种提神醒脑的味道。

沙里赫得意洋洋地看着我，说："不错，是吗？"

真的不错，和新西兰我曾尝过的大黄相较，是天差地别的一种味道。

那一回，到新西兰旅行，日胜的老朋友邀请我们上他家用餐。其中一道米饭，里面就有着切成细细一段一段的大黄，紫红色的。米饭又软又烂，大黄的味道又酸又苦，味蕾在叫救命，然而，为了礼仪，却又不得不勉强把它吞下，可怜的胃囊宛若坐在起起落落的过山车内。初次的邂逅，竟成了永远的梦魇。

日胜呢，平常什么都乐于、敢于尝试，唯独这回，坚决不让大黄入口，因为当年负笈新西兰时，他的胃囊早已被大黄折磨得千疮百孔了。一毛不拔的房东，晚餐最常做的便是大黄米饭。日胜嫌酸嫌苦嫌难吃，房东便嘱他加糖。不吃呢，身为一穷二白的学生，又哪来的闲钱"另谋出路"？于是，咬紧牙根，吃吃吃；吃着时，五脏六腑翻江倒海。三年求学生涯过后，一见大黄，如见隔世仇人。

如今，在塔吉克斯坦和大黄异地重逢，他像个弹簧，跳得远远的。

成束成束好滋味的大黄，非常无奈地瞪着他。

感情的世界，不也一样吗？

伤得太重，就算对方已痛改前非，也难以破镜重圆。

# 诗人鲁达基

那天早上，在彭吉肯特（Pendjikent）一个公园里漫步，正无限惬意地沐浴在绵延无尽的绿色里时，收音机忽然传出了诗歌朗诵那抑扬顿挫的声音。博滋尔一听，灵动的眼珠立马流光溢彩。他停住脚步，以浑厚的嗓子跟着朗诵，每一个从嘴里蹦出的词儿都厚厚地裹着脉脉深情。

博滋尔是我在塔吉克斯坦认识的朋友，任教于大学。

此刻，他所朗诵的，是波斯伟大诗人鲁达基（Rudaki）的抒情诗。

鲁达基是塔吉克斯坦的国宝，他就像空气，无处不在。钞票上有他、邮票上也有他。街道和公园以他命名，各大城市也竖立着他的塑像，在彭吉肯特，还设有"鲁达基博物馆"。他的诗集是长销书，也是学校里的教材。他的名字，妇孺皆知。

鲁达基生于公元 858 年而于 941 年逝世。是波斯古典文学的始祖，被誉为"波斯语诗歌之父"。天资聪颖而记忆力惊人的他，八岁已熟谙《古兰经》，精通乐理，能诗善琴，才华横溢。他酷爱旅行，早年漫游四方，对贫富悬殊的社会现象有深刻的体会，也具体

诗人鲁达基的塑像

地了解民间疾苦。广泛的阅历为他的创作注入了丰富的养分；悲天悯人的情怀，为他的创作倾注了缤纷的情愫。诗名不胫而走后，他受邀出任宫廷诗人，在他歌颂帝王功绩和王朝兴盛的同时，皇室挥金如土的奢侈和勾心斗角的丑态，也成了他写讽刺诗的素材。

　　到了耄耋之龄，鲁达基被逐出宫廷，原因不明；有的人说他是党派之争的牺牲者，也有人说是他意见与皇室相左而惹的祸。最为悲惨的是，他出宫时双目全盲。后世研究者指出他是因为遭受酷刑被挖去双眼，但也有人表示是眼疾导致失明的。不管如何，他在回返故乡后死于穷困潦倒的窘境，是不争的事实。

令人敬佩的是，尽管双目失明，他却不曾停止创作，他斗志顽强地说："我双目虽盲，心眼却比谁都亮。"

享年 80 余岁的鲁达基，著作极丰，据考证，他著有诗集近 100 卷，多达 130 万行以上，包括了颂赞诗、抒情诗、哲理诗等，遗憾的是，由于年代久远，加上战火蹂躏，他残存至今的诗作已不足 2000 行。

博滋尔热爱且熟读鲁达基的诗作，他向我分析，鲁达基作品脍炙人口的原因是，他所使用的语言浅白明晰而又优美凝练，虽然是千余年前的作品，然而现代人读起来却一点儿也不费力，甚至，连五六岁的小孩儿也能轻易地理解。此外，鲁达基惯于将爱国的思想不着痕迹地镶嵌入朗朗上口的诗作里，寓教于诗却又没有说教的僵硬和刻板。

博滋尔在家，常以鲁达基的诗歌作为教材，让五岁和七岁的一双儿女反复背诵，孩子们不但从中掌握了敏锐的语感，而且，也培养起对文学的爱好。现在，他们说话时，能够随时引用鲁达基的诗句来加强自己的论点；或者，用他的诗句来调剂生活，活络气氛。

博滋尔语重心长地说道：

"诗歌，在本质上，是超越现实的，但是，如果我们能够想方设法将它带进现实生活，使之普及，不但能提高精神的素质，还能美化生活的内容哪！"

我惊异地发现，在塔吉克斯坦，持有同样想法的人，不在少数。鲁达基因此而能跨越千年岁月，活成了不朽。

他的诗，是永不凋谢的文字花束，把塔吉克斯坦装饰得花团锦簇！

诗人鲁达基的诗作，连儿童也能朗朗上口